小文艺·口袋文库

小说

成 为 你 的 美 好 时 光

小文艺·口袋文库

小说

特蕾莎的流氓犯

陈谦

上海文艺出版社

目录

特蕾莎的流氓犯

繁枝

特蕾莎的流氓犯

一

特蕾莎？

她微低下头，将额头靠向墙上的镜面，眯起眼看镜中的自己。

脸真白啊。苍白，眼下有些干。她曲了食指，反过来贴到眼边，轻揉那些细纹。该去做脸了，她想。每次做了脸出来，简直能听到皮肤毛细血管收缩的声音——那些细小的皱纹几乎在瞬间被营养导露驱散，留给她数日的面若桃花。

你是特蕾莎？她侧过脸来，朝镜中的自己很淡地一笑，然后撩撩额前短发，又笑了一下，那笑就冷了，还带上些许讥诮，些许轻蔑。那发色染成深栗红，在灯下，她引为得意的低调的栗红显出酒色，浮泛上来，竟还有些光泽。很细的眉，天生地细，天生地长，直埋进额边的发间。她儿时暴晒在南宁亚热带的烈日下，听人们说，看看看，这个妹仔的眉儿！还有她的皮肤，白得能看到皮层下淡青的血管，任亚热带的烈日如何暴晒，都不会变黑——它们不属于边陲，不属于南宁。那里的女人皮肤黝黑，颧骨高耸。她因此是出众的。那时她不是特蕾莎，她甚至不晓得在这个世界上，还有这样古灵精怪的名字——那时大家叫她阿梅——教授古文的父亲给她起的学名是静梅。

她于一九六九年上小学。在师院附小场院里那棵巨大的苦楝树下报名当天，收表格的女工宣队员徐师傅接过孩子们的报表，看到文绉绉的名字，都建议小孩子当场就改。前面那个娇里娇气的雯雯摇身一变成了卫红；身后那个说话猫一样小声的丽丽也当即改成了永红。

她拿不定主意，给挤到桌边，咬着笔死想。这时她看到将上四年级的哥哥静松在人群外朝她挥手：我改成劲松了！新鲜出炉的劲松拨开人群，站到她身边喘着大气喊：暮色苍茫看劲松，乱云飞渡仍从容！静梅为自己竹竿一样细长的哥哥高兴起来，一笔一划地将自己的名字写成"劲梅"。

她在那个夏天穿起木薯蚕丝的衣裳，质地粗大的经纬上染出大红底色，稀疏印上白色的梅花，蜡染的效果一般。那梅花长在肥短刚劲的粗干上，健硕，昂扬。这李铁梅在《红灯记》里的行头，在这个夏天成为南宁的时尚，她暗认的自我身份。

现在，她是特蕾莎。

她的衣橱里没有一点花色。各式的黑，各式的白，各式的灰，涂填着她的四季。她十七

岁离开南宁，去长沙，国防科技大学；去广
州，华南理工学院；然后远去英伦，让中国边
陲之地的劲梅摇身变为剑桥半导体物理博士。
在去向加拿大的飞机上，她望向大西洋在阳光
下泛出的无际无涯的灰白，特蕾莎这个名字海
豚一般跃上来。她立刻擒牢它，摇身一变，跟
一九六九年那个夏天一样，只在瞬息之间、一
念之下。

她在蒙特利尔郊外住下来，又开始盘算下
一个要奔向的地方。人家看她一个适婚年纪的
女子，总是三个箱子，马不停蹄的样子，都诧
异她的野心。她哪里是有野心？她只是不敢回
望来路。那路上有一只怪兽，天涯海角追赶着她。
她只要不回头，就不用面对它。但她绝不能让
它超上来，吞噬掉她。

她只能飞奔。

在蒙特利尔这个常让她想起欧洲的地方，
她学会了法语。她住在河边褐色的公寓楼里，
夹藏在异国的风寒中，寂寞而安全。她的住处
有着长长的回转围廊。在蒙特利尔短暂的夏季，

她一个人在回廊上，手里拿着一瓶啤酒枯坐，让夕阳在江面上打出的细碎金片刺得眼睛生疼。她逃得够远了。父亲去世。母亲去世。在父亲和母亲的追悼会上，长辈和儿时的朋友们见到她，都围上来，安慰她，又赞叹她。阿梅阿梅，他们亲切地叫她，你变得这样有出息了！她握着他们伸过来的一双双手，真心地哭起来。她晓得，她今生大概再也不会见到他们了。她吞下自己的泪水，得到一阵解脱。她从此再也没有回南宁。

　　她对所谓的爱情没有向往。她看男人的眼神像是在看一杯清水，连心思都是淡的。她想她或许也是爱爱情的，却爱不上男女之情。她约会过一些男人，在她年过三十之后。她跟他们出去吃饭，喝酒，看戏，郊游。但是她跟他们的关系全在肉体接触之时停下来。她惧怕他们的手。他们的手伸过来，穿过她的衣领、解脱她的纽扣、扯开她的拉链，令她听到怪兽在清冷的月夜下嘶吼一般，她让那吼声吓住了。她想过像欧美女人那样去看心理医生。可是，她们要寻找的是不知名的怪兽;她却认识那只怪兽。

直到她遇到家明。那还是秋天,蒙特利尔很早就冷了,她在冻得令人头疼的寒风里,决定去华盛顿参加一个半导体业界的国际学术论坛。家明在硅谷的惠普实验室任研究员。他穿一套藏青色西装,站在大会的讲台上,谈芯片的合格品级控制。她喜欢他镜片后那一双简单得透明的眼睛。它们太简单了,一张,一合,泻出的全是光明,她走神地想。那双眼睛扫过来,看到她,停了一秒,又越过去了。她低头去看会议日程表上他的名字,拼音将她对光明的感觉抽离了,她用笔在他的名字上画了几个圈。

她跟家明在早餐台上碰到,她竟有心跳的感觉。她跟家明聊起来。她对家明说,你的西装很好看,但不要配白色的棉袜啊。家明腾地坐直了,看她。她知道,她一上来就先越过了线,向他倚靠过去。她微笑着说,最安全的是只买深色袜子,袜子颜色要深过裤子。噢,你到底是英国来的,家明后来说。不是的,她不是英国来的，她来自中国的边陲之地，南宁。你恐怕都没听说过吧？很多芒果树，很多扁桃，菠萝木瓜香蕉，酷暑和溽热，白热化的天色，疯长的植被铺天盖地，碗口大的朱槿花红白黄粉。金包铁、银包铁、五步蛇、竹叶青，数也数不清的毒蛇，它们一口能要人一命，但她没说。他比她小三岁，来自西安。南宁西安，简直是天作之合。当她知道他的年龄时，她第一个反应是：那么一九六九年，他才四岁？这个想法让她像是看到一杯水结成坚冰后的晶莹，那剔透的晶莹诱惑她想触摸它的质感。

　　家明在清冷的月夜里陪着她从华盛顿纪念碑下来，走到林肯纪念堂前，向她求婚。她在月光下警醒地站住，侧耳寻听。怪兽没有出现？她的耳里只有喷泉哗、哗、哗的轻声，安宁混着喜悦散在水珠里，将她溅湿。她对躲回蒙特利尔公寓里这样的想法生出恐惧。家明从身后拥住了她。阴影这个词被挤压出来。那你要找光源的，当顶光出来的时候，阴影遁匿无踪，她对自己说。那一年，她三十三岁，披一头长发，转过身来，果然一地清辉。

她答应嫁给家明，来到硅谷。在黑夜的深腹，她将自己三十三岁的处女之身献出。每一次跟家明的肌肤之亲，都浸在暗夜的深黑里，不能有光亮。她惧怕那久违的怪兽突然出现，自己跟它裸裎相见。

她成了英特尔芯片质控研究的第一线科学家，很快又成为荣获英特尔年度突出成就奖的攻关小组头儿。她穿着盛装，飞到圣地亚哥海滨豪华度假营地，从总裁手里接过人们戏称为"英特尔的奥斯卡"的奖杯，并在三十五岁那年生下女儿亮亮。亮亮这个名字脱口而出，家明，亮亮，全是光明。她守着两片光明，融进硅谷无边的阳光中。样样都在轨道上。她已经很久很久没有听到那怪兽的嘶吼了，它给甩到太平洋了去了吧。

她将目光从镜子里收回，看看表，刚到五点。北加州的秋季，天黑得早，五点一过，天光几乎敛尽了。这里是史坦福购物中心内的一间法式咖啡屋。她回过头去，看向左边，一排明净的玻璃橱柜，里面精致的各种法式小点心粉嫩诱人；柜台后，磨咖啡的声音起起伏伏。墙色是明黄，地下是黄色红色小瓷砖块混铺出的无规则花案，桌椅面也是同调花色，桌椅都是铁质的腿脚肢干。顶上的大吊灯亮了起来，灯光透过花蕾样的铁雕灯罩四下撒开，在黄红的基调上打出暧昧而温暖的光色，令她觉得安全，又有点感动。

她穿着深黑开司米毛衣，一条黑色薄呢裤，一双浅筒靴子，戴着一条蒂芙尼心形碎钻项链。你就是特蕾莎？她将脸侧过来：阿梅，你变成女人了，一个蛮漂亮的女人。

她低下头，手伸到手袋里，触到一张折叠起来的报纸，很薄。她捏了它一下，又放开，将手掏出来，很轻地搓搓脸。

特蕾莎！绿茶拿铁！她听到年轻女店员清亮的声音，举了举手。果青色的绿茶拿铁就被送到了台上。

她已经当了很多年的特蕾莎了，一切都是个好啊。还要回到阿梅那儿去吗？她皱皱眉，低头喝拿铁。

她是来等他的——她的流氓犯，那个跟死追着她的怪兽一体两面的人。她的流氓犯，这个称呼一直给锁在她的心底，她以为已经锁出了斑斑铁锈。可当她哆哆嗦嗦找出钥匙，插入，啪哒一下，弹指之间，它轻灵洞开，通向一条漫长幽黑的隧道。她终于和怪兽狭路相逢。出乎她意料的是，这个想法不仅没有击倒她，还让她镇定下来。她挽起了袖子，冷漠地笑笑。是时候了，她决定迎上前去。

她已经看过那张照片很多遍了：王旭东，中国当代著名青年史学家，现应史坦福东亚中心特邀，在史坦福大学访问，从事文革研究。照片中的男子有一张削长的脸，戴一副无框眼镜，目光沉静。她从那沉静里读出了一份焦虑，两份凶煞。她将报纸举到灯下，再看。就是他了！王旭东。她的流氓犯。噢，他出息了，成为中国著名青年学者了？这个消息让她既安慰又心酸。她真愿意自己能钻进他的瞳仁里，从那儿看出来：是怎样的当代史？又是怎样的文革？

　　她接着看到他出现在旧金山湾区的中文电视台里。他穿着一件铁灰高领毛衣，侃侃而谈。她的记忆在他出现的瞬间变得有点模糊，她盯着屏幕，大气不出。他脸上的线条全拉直、发硬了，长大成人了。她有点恍惚起来，像？或不像？她闭上眼，急寻着倒映在记忆底片上的影像，但是光太强了，将底片打出一片雪白。关灯！关灯！她几乎要脱口而出。她张开双眼的时候，还咬紧了她的双唇。

　　他终于看到她了，他看出镜头外的眼光跟她的目光交汇的瞬间，她看到了他眼里极大的惊慌，他甚至还打了个冷战。她从沙发上站起来，背着家明和九岁的亮亮在起居间里的说笑声，急步走向卫生间。她站在那个小小的封闭空间里，捏了捏拳头，又出来。

　　家明从亮亮的拼图堆里抬起头，说，你很冷吗？她松开了紧抱在胸前的双臂，摇摇头，转过身去，她能感到家明探询的目光扫过她的背影，然后停留在电视屏幕上。她这时听到他在电视里说，他青年时代随当军人的父亲在广西待过。她闭上了眼睛，等他下面的话。可这句话很快滑过去了，像是说走了嘴。可她到底是接住了！噢，这个人还在你们广西待过呢，家明说，声音里有一点嫉妒。家明没有去过广西，那个她自幼生长的地方。

她不响，盯着荧屏看她的流氓犯。她看到他的脸色尴尬了一下，随即就过去了。他后来从华东出发，山南海北，流浪，去过很多很多的地方。为什么流浪？那个娇媚美丽的台湾来的女主持人天真地问。他犹豫着，忽然凄凉一笑，说，我一直寻找一种真相。她憋住一口气，等他下面的话，他看向她，很慢地说，时代的真相。你找到了吗？她几乎是和那个美丽女主持人同时开口的。我会一直找下去——这有点答非所问了。但她听懂了。

在那个夜里，她再一次听到了怪兽的嘶吼。那吼声低哑，呜——呜呜——呜，带着回声，绵远又凄凉。她决定要见到他，她要当面告诉他，她对他是愧疚的。或许，只有这样，她才能从怪兽的嘴里夺回余生的和平？

在那个夜里，穿过三十一年的时光隧道，她再一次清晰地看到那个早晨，南宁郊外夏日的早晨，在一扇被疯长的九里香淹没的烂木门后，他向她招手。她在那个早晨路过后来成为她的流氓犯的王旭东家的小洋房时，只有十三岁。

她看到她的流氓犯坐在侧门的台阶上看书。他穿一件很旧的圆领汗衫，灰白的短裤，足蹬一双深蓝色泡沫底人字拖鞋，双膝并在一起，头低下去，在看一本书。她注意到他的手在抓着小腿的痒。南疆的夏天，有多少的小默蚊。她是去教授宿舍区找同学文惠，那个暑假里，她们迷着学剪纸。文惠的姐姐在市里体校练羽毛球，带回很多剪纸样品。很多年后，文惠去了日本。她们偶有联系，却从不提那个夏天。

那是一九七五年的夏天，她来了例假。她的父母原来都在这个郊外的师范学院教书。那个夏天，她的父亲带着哥哥劲松去了学院在桂北的分院，她和母亲留在南宁。母亲暑假里到学院的农场锻炼，周末才回来。她颈上挂着钥匙，一日三餐吃食堂。

她的流氓犯的父亲是三八式干部，刚从驻扎在桂东的部队到学院当军代表，任革委会副主任。那父亲腆着个大肚子，却酷爱看篮球，几乎全身心在抓学院的篮球队，带着他们到处打友谊赛。她的流氓犯的母亲也是军代表，在学院隔壁的财经学校当党委副书记。那是个身材和脸貌都很修长的高瘦女人，总叼着一支烟，脸色给烟熏得青黄。她永远是修剪整齐的齐肩短发，两边卡着粗长的铁质发卡。听大人们说，她当年曾是海南岛琼崖支队娘子军连里的小女兵。她的流氓犯是这个女人最小的儿子，上面三位儿女，分散在北京、上海、广州当工农兵学员。在那个年代，这是特权之一种。

她在她的流氓犯家院外的冬青树旁站下，他是那么专注，在看他的书。她看了看四周，没有人。她抬头望着冬青墙上方，伸出来的番石榴熟了，她看了好多天了。她没想到，她竟然是先叫了他：我能不能摘一个番石榴？她的声音很轻，嫩嫩的，有些抖。

她的流氓犯抬起头，她看到了他修长的脸，

跟他母亲很像，但那肤色很白，跟他母亲又不大一样。他表情有点吃惊，迟疑了一下，很淡地说，噢，你摘吧。她从来不跟班上的男同学说话的。她在那个早晨，跟他说了，主动的，镇定的。

他看着她踮起脚来，却够不着树上的果实。他比她高三个年级，在师院附中的高中部念书，跟她哥哥劲松同级不同班。她看到他白框眼镜后面一双很冷的眼睛，有些发怯。他站起来，说，我来吧。她听着他的人字拖鞋啪哒啪哒地敲打她的心室，懒散地试探着那门锁的暗语。她得到了四只番石榴，红心的。你以后想吃就自己摘吧，它们很招鸟的，鸟一来就到处拉屎，很讨厌的，他说着，歪了歪脑袋。他的声音里有一种凄凉。她用衣角小心将它们擦过，一路吃着走去文惠家，脚步后来就有些跳跃。那果实很甜，混着一种鸡屎的怪味儿——南宁土话里是叫它鸡屎果的，吃多了会便秘。

很多年后，在剑桥一个查经班上，有一天她忽然神情恍惚，说她见过伊甸园的禁果，很甜，却有一种怪味儿，吃多了会便秘。话一出口，她眼里便噙了浅浅的泪，她张了张口，说，其实那蛇是在人的心里。导读的牧师一愣，在众人反应过来之前，立刻转移了话题。

后来，每一次，她经过旭东家，都要去摘番石榴，因为他准过的。有时他在台阶上看书，有时他不在。没见他时，她会弄出很大动静，他就会出来，到院子后面帮她摘果，一边说话。有时他出来，双手背到身后，倚着墙看她在番石榴树间穿行，也没有动作，却开始有些笑容。他房间的窗前，有一棵巨大的朱槿，开满了碗口大的艳红的花，长长的花蕊伸出来，惹得黄黄白白的蝴蝶飞来飞去。很多年后，她看到朱槿成了南宁市花的消息，眼前立刻冒出那堵灰黑的墙，无数朵硕大的朱槿花喷出血一样的艳红，溅满他身上那件月白色的圆领汗衫。

她在那个夏日的早晨，捧着番石榴果将要离开时，忽然折回头，问他每天那么专注，都看什么书？他就让她看他的书，书名是《苦菜花》。他后来同意她将书带走，让她千万不要声张出去。他们之间有了共同的秘密。

　　她在《苦菜花》里，看到哺乳期的村妇将喷射出奶水的乳房塞到解放军伤员嘴里这样的细节。在十三岁的那个夏天里，她胸前正生出隐隐的微疼，两颗春天梅树枝头茸茸的细嫩花苞，在心口两边遥相对称，破土而出。她紧护着它们，生怕它们如书里的村妇那般突然膨大，乳汁四射。想到她的流氓犯也曾看到过这样的字句，她心惊肉跳。她还看到了黄花闺女、妓女的说法。《新华字典》说：妓女是卖淫的女子。那卖淫又是什么？她终于忍不住告诉了文惠，文惠也摇头。文惠却知道黄花闺女指她们，因为她们没有跟男人好过——文惠的姐姐在市里上学，文惠的姐姐已经用七十公分的文胸。文惠的皮肤让亚热带的湿气熏得油黑发亮，长长的睫毛像一对蜻蜓扑来闪去，被小伙伴们叫作"黑牡丹"。很快，她看到文惠桌上也有了从流氓犯家中树上采下的番石榴，从被鸟叮出的小孔里，可以看到里面粉红的心。它们全是酸的，她想。她认得它们的。但她不问，不是不想，是不愿懂得。

终于有一天午后，她跟她的流氓犯走进了他家的纱门，到了他的小屋里。他从床下拖出两大箱书，有《红楼梦》、《青春之歌》、《迎春花》等等，还有大摞的《大众电影》。他盘坐在地板上，说他是寂寞的，哥姐比他大得多，父亲的军旅生活很动荡，他从来交不上稳定的朋友，这些书是他的世界。他说着，神情变得有些哀伤。她点着头，跪到地上，扑到了箱子边上，贪婪地翻起来。

她意识到，当她跪下来时，裙子下露出的长腿，让流氓犯的眼睛亮了一下，她心下竟是欢喜的。她后来再来，蹲下翻书时，她会有意识地将裙子撩一撩。她喜欢他冷冷的眼睛，在她假装不经意地撩起裙脚的时候，发出的那温和的光。这个十三岁的夏天，她朦胧了解到裙角起落间的微妙。

在一个雨后闷热的下午，她的流氓犯从她身后抱住了她。她的身子发抖，他摸过她平坦的胸部，红梅花蕾在胸前忽然挺拔起来。他细长冰冷的手指拧住那微小的花苞,轻轻地捏转。她感到窒息,眼睛瞪大了,不敢眨。当他的手要从她的前襟伸入时,她推开了他,逃脱出来,一路狂奔到池塘边的竹林里,呼呼喘起大气,短衫的红色被汗沁成了深棕。

那个夜里,她做了一个怪梦。她被一条蟒蛇缠住。它从她的大腿间缠绕而过,盘缠而上,将她箍得不能喘息。她在黑暗中惊醒,一身的汗。她的手揩过自己身体,顺着蟒蛇爬过的地方,一直向上。她第一次感到了一股来自身体深处的痉挛。她惊恐地睁大眼睛,却只望见黑暗,无边的黑暗。

第二天她又进了他的家门。他坐在床边,没有碰她,却示意她撩开裙子。她看到他的脸上有一种几乎可以叫作温柔的表情。她顺从地撩起裙子。她穿着一条母亲车缝的花布短裤,上面有宝蓝和粉红的蝴蝶。他轻叫了一声,跪过来搂住她的腰,眼镜滑落到鼻尖上,看上去痛苦又滑稽。他的手摸过她的裤头,在拉它的松紧带。她自己也没想到,她竟哭了出来。他放开她，她还在哭，却不知道是欢喜还是悲切。她听到她的心，从胸腔深处一级级往上跃跳着，最后卡在她的喉中。她的哭声大起来，她想将那心哭出来，让她能顺畅呼吸。他捂住她的嘴，说，不要哭，不要！什么都没发生过，你走吧。再不要来了。

她就再也没有找过他。她让文惠来自己家中玩，她怕走过那栋浓荫覆盖的房子，虽然她想念着它。很多次，她都想跟文惠讲旭东的事，但恐惧让她忍住了。

文惠却来得越来越少。她有一种直觉，却死抵着，不愿去验证。终于，在文惠几乎从她的视线里消失的时候，她在一个酷热的下午，走向她的流氓犯的家。她穿过冬青墙，推开那扇九里香攀覆着的后院门，绕到他家后院里。看到文惠的书包搁在阳沟边，她的心狂跳起来。她大声叫着文惠的名字，没有应声。她拨开朱槿枝桠，爬到流氓犯的窗台上，从外面看进去。隔着纱窗，屋子很暗，她将脸贴到纱窗上，鼻子里立刻充满铁锈的腥气。她看到文惠坐在旭东腿上，他们搂抱在一起。她看到他们的嘴贴合在一起，那么忘情。文惠轻握着旭东放在她胸前的手，两只少男少女纤细柔嫩的手搭在一起的样子，温存静好。文惠的头微仰起来，头发垂散开来，和她浅棕的脸浑然一体，真像一朵让湿热的空气催发后怒放的黑牡丹。你们要流氓！她在窗台上叫出了声，带着令她自己震惊的哭腔。

她不知道自己为什么是这样大哭着奔远的。她觉到很深的委屈，很深的伤害。她是捂着肚子一瘸一瘸地奔远的，像被一支毒箭射中。很多年后，她才想明白，那是嫉妒。

她哭着奔到文惠家里。文惠的母亲正在家里备课，她拉着那个穿着月白的确良短袖的女人的手，哭叫着文惠的名字。文惠母亲蹲下来，焦急地摇着她的手臂，说，文惠怎么啦？她不是天天下午都去你那儿做功课吗？天天天天！她哭得更响了。

文惠很快被带去医院检查。同一个宿舍区的好几个女孩，这时都说出了类似经历。作为第一个举报的女孩,她被附小的工宣队、学院的保卫科、班主任、校长等拉去问了又问。她的细节从来没有变过,只有在问到是否被非礼过时,她没有犹豫地说:没有!那些女孩都去医院检查了,好像也没查出什么。她不知是要检查什么,却为自己不用去医院而高兴。

她在流氓犯的母亲找到她那天才为他哭了起来。那个母亲将她带进自家客厅,点了一支烟,让她将整个过程再说一遍。她这时已经驾轻就熟,能将事情平静清晰地说得非常流畅。那母亲安静地听完,弹了弹烟灰,皱着眉说,小姑娘,你肯定你说的都是实话?是的,阿姨,她点点头。那母亲走过来,蹲下,平视着她的眼睛,又问了一句:告诉阿姨,你说的肯定是真话?她咬紧嘴唇,在烟雾里又点点头。那母亲转过头去,看向流氓犯的房间——房间的纱门上垂着苹果绿的绸帘,很慢地说,好在他还没满十八,不过,他差不多也就算完了。这句话令她哭了起来。她听到那母亲轻叹一声,长长地吐出一口烟,在烟雾里眯起眼睛,却也没有求她,或暗示她改一个说法。

后来她看到她的流氓犯王旭东站在全校批斗会上。她跟着班级的队伍入场时，王旭东已被押到那个粗陋的水泥舞台中央，胸前挂着一个粗陋的大纸牌，上面用毛笔潦草歪斜地写着"少年流氓犯王旭东"。她坐在第一排，身子一直在抖。她真不愿意成为旭东和流氓犯这两座孤岛间的那座桥，但她就是那座桥。旭东踏过它，成了她的流氓犯。

有人开始领喊口号，一片稚嫩清脆的声音轰然而起："无产阶级专政万岁！""打倒流氓犯王旭东！"他被宣布开除学籍，扭送到师院在近郊邕宁县的五七农场劳教一年。宣判时旭东抬起头来，斜眼向台下寻望。他的目光扫过人群，在她的脸上停住了。她看到他的双眼积出两潭深怨。他盯牢她，再一眨，那深怨翻成忿恨，她的身子抖得更厉害了。这时他的背后同时伸上两条戴着红袖章的臂膀，将他的头用力压下，同时台上传来"你老实点"的吼声。口号声又起来了："王旭东不投降，就叫他灭

亡！"他再一次倔强地拧了拧脖子。又一条手
臂伸上来，揪住他的头发，往下一扯，他的脑
袋又被用力压下去。她看到他抬抬眉，他的泪
水下来了。

那两行泪水化做怪兽，三十年都不曾停止
对她的追逐。她后来想过的，她其实是喜欢他
抱住她的那种感觉的。她按他的示意，向他撩
起裙子的时候，她的震惊里是有着快乐的，还
夹带着几丝沾带甜蜜的刺激。她那年只有十三
岁，她就有了嫉妒。她为了她十三岁的嫉妒，
利用了那个时代。

二

他穿过长廊，看到自己的身影让回廊深处
不同方向折出的微光拉长，倒映在前方玻璃门
上。那门皇家气派般地高阔沉重，每日清晨都
让人擦得光可鉴人。他的身影映上去，菜绿，
修长，恍若幽灵。他握住包铜的长把手，目光
斜向远处的大草坪。远方树丛后灯火阑珊之处，

是活色生香的史坦福购物中心。

　　秋夜将临未临之际，草坪呈沼泽之色。要抵达那光明，先要穿越这黑色沼泽。他推门而出，立刻觉到了风，赶紧将衣领竖起，再望向那将要穿越的沼泽。

　　他看到了两滴泪。左边的那滴先夺眶而出，顺着泛满月色清光的一张少女之脸且行且停，最终汇合了右边那滴，决堤而去，漫过岁月在江心垒出的沙堆，模糊了他的双眼。

　　他在台阶上坐下，别过头去。

　　胡佛塔顶灯还未启明，在将黯未黯的黛蓝天色里，被天际微光勾出的轮廓剪影般分明。台阶上方的大门洞开，在路灯未上的时刻，幽深黑暗。

　　他刚从那里面走出来。这个下午，他听了二战史实研究会主办的日本老兵悔罪讲演。计划同时讲演的另一日本老兵，因对战时具体行为的承揽，有犯下违反人道罪之嫌，不符合美国入境规定，签证被拒。这日讲演的老兵，当年刚被征召，还未起程二战就结束了，其演讲重点落在良心自责上。老兵说他不能将责任全部推给军部，自己作为一个盲从的走卒，当年很相信战争宣传，年龄一到，就主动报名要求上战场。"我虽然没有上过战场，但如佛家所云，心动就是身动，我跟那场残酷的战争是有孽缘的！"——老兵最后哭了起来，令在场的人都感到意外。

他悄然而退，穿过走廊出去吸烟。多年来，这哭诉声常在梦中将他惊醒。那声音从清稚，尖厉，渐变深沉，迟钝，如今已接近这老人嘶哑的悲绝。这哭声不是他的梦魇，是安慰。他以它证明自己存活的价值。他想，这个老人今天解脱了，在他公开表白的时候。而自己的机会不曾到来，或许永远也不会到来？这个想法让他摁灭了烟火。

他带着烟气转回资料馆。他总是埋在东亚资料馆的故纸堆里钩沉世事。这恒温的阔大厅堂里，常只有他一个人在桌架间穿行，抄录、疾写，一如在这样一个深秋的下午所为。条状的窄窗间隔很密，看累了，他就呆望外面被窗格割裂的北加州光亮的天色。你找什么？我可以帮你什么？温和的女馆员有时会过来问。他摇头。他英文水准有限，能读，能听很多，但讲不出他想要说的很多意思，所以他多半时候沉默。如今，这里的人们都已习惯了他那伏案而书的修长背影。他们也都知道了，他是来作文革研究的。

王旭东？他在美国大使馆接受面谈时，一身彩色花绸裙、烫着短短卷发的美国女领事，叫着他的名字读看他的资料，然后用中文说，我读过你的书。他无话，女领事抬了抬眼，有点惊讶，又说：你写得跟别人不同。他笑笑，没有按美国人的习惯回谢，也没问她以为有何不同，看上去有点矜持。女人在纸上哗哗地写着，也不看他，声音飘过来：你关注每一个人在那场运动中的位置，你很会掏他们的内心，试图拼成一个画面：这是每一个人的文革，对不对？他浅笑，说，你讲的是我没想到的。他客气了，很客气，其实心里得意，他期望女领事会说得更多。

你到美国去，有什么新的设想？她搁下笔，问。这是个聪明的女人，他想。他看着她的眼睛说，这些年，我觉得最有意思的是采访那些如今年纪在四十五到五十五岁间的漂亮女人，我相信这样的女人在动荡的乱世，一定比常人遭遇更多的故事。女领事的笔停下来，直看着他。他以为会被拒签了。她才说，你能告诉我why？这句夹了一个英文单词why，非常合宜。他说，我觉得你不用我解释。在动乱的时代，一些从来没有机会接近权力的人会夺取权力，权力的副产品是夺取他们以前从来没有机会接近的漂亮女人。在那样的乱世，美人的命运最能反映这一时代的真实。嗯？她很轻地哼了一声，示意他说下去。动乱时代，强盗，心思险恶的人往往得道，他们最终的目标，无非是权力和美人。是，政治和性无处不在，无时不有，但时代险恶之际，人性有更多的表演机会……女人镜片后的双眼瞪直了，几乎迸出火花。有意思，太有意思了！噢，美国那里去了很多合你采访要求的中国女人，连林立果的妃子都去了。希望你在那里会有更多更新的发现。她哗哗地签发了他的签证，最后说：祝你好运，期待你的新书！

他有新发现了吗？他在美国遇到了那些当年的美人，可她们比在中国的同龄人更不易接近。她们中有人礼貌地说过，所有的噩梦都甩到太平洋里了，失忆了，她们享受这般失忆。作为文革研究者，他懂得那后面的千言万语。这些曾经的美人们，在新大陆重新做人。在加州明亮的阳光下，她们房前青草如茵，墙边各色玫瑰盛开。她们穿牛仔裤，开休闲车，养儿育女，遛狗逗猫；她们讲英语，念学位，大多工作，少许相夫教子，按各自的愿望活在另一世人生里。她们在这个社会里移植后重新开花结果，在将老未老之际，一样美若天仙。他不敢也不忍去打扰她们的美梦。是的，每个美人儿都有历史，何况在那个时代顶雪开花的美人儿。他作为历史的挖掘者，面对这样的旧美人新江山，主动关掉了他的掘土机。

他退到故纸堆中，回到出发点。在史坦福、

在伯克利加大,他看到那些完整的文革第一手资料,如面对美人一样激动而沉醉。在那些史料中,甚至有广西各地造反派油印的传单。隔着四十年的岁月,那些印在赤橙黄绿的粗糙纸张上的宣传单已经发脆。他翻阅时习惯戴上橡胶指头套,慢慢将纸页拈起。直到有一天,他看到了广西融安县枝柳铁路建设指挥部的宣传单。他屏住呼吸,脱下指套,触摸了那印在深桃红草粪纸上的文件。他的指头触到了纸里粗糙的茅草结,让他想起在融江的江心洲上被茅草划伤的条条血痕。他立刻关上了书页。

这些年来,他走过那么多地方,就是没再去广西。他短暂而青嫩的少年时光让融江上决堤的洪水冲成七零八落的尖利碎片,再也无法整合。它们散落在他一路的行程里,冷不防就割痛他。

在中国东游西走多年后,他将足迹所到之处用各色填满,广西成了一片苍白的破桑叶,突兀地躺在地图的左下角。他眯起眼,辨认那白桑叶后的百孔千疮。那里有过血流成河的惨烈武斗；那里发生过人吃人的人寰惨剧。而他在文革期间，竟是到过那里的——这成为他的秘密，他家庭的秘密。连他的妻子莲，那个贤惠温柔的东北媳妇儿，都不知晓。

那只是一个夏天，很短的夏天，可是那个夏天变成了一把刀，插到他的喉管深处，让他不敢对它发出声响。

你要将它拔出来的——父亲离世前，母亲离世前，都说了这样的话。母亲更说，我看见了，你从那个夏天起，再没有真正地笑过，真是可怜的孩子。你不到二十岁，眉心就有了这个"川"形。如果要赎罪，你已经赎过了。那不是你的错，是时代的错。母亲为他开脱。

我们不能都推给时代，他说。母亲流出了泪，说，那就算是你父亲的错吧。他再不说话，轻抚着母亲的手，在即将离世的母亲面前，他不愿这样谈论已经过世的父亲。

那是一九七五年的夏天。他常幻想，他可以忘掉那夏天。

那年他十六岁。在铁道兵某部当师政委的

父亲，随铁道大军进驻位于广西融安县融江边上的国防三线重点工程枝柳线广西段指挥总部，他从大连到广西看望父亲，打算在那儿过暑假。

父亲是抗战时入伍的老革命，参加过淮海战役。在朝鲜战场上遇到他母亲时，已经在山东莱州老家跟发妻有了一儿一女。响应号召上前线的母亲，那时还是医学院一年级学生。这个身材修长、眉目姣好的青岛姑娘，在炮火纷飞的战场跟山东老乡首长擦出火花。当部队撤过鸭绿江时，医大女生已未婚先孕；首长一踏上祖国大地，第一件事就是去信老家休妻。随即母亲生下了大哥卫东。也许受生活作风问题的影响，父亲没有如别人那样直接晋升，却平调到最艰苦的铁道兵部队。父亲愣是不屈服，跟随施工部队转战南北，打出几场工程攻坚战，直升到师政委位置。所付代价是生活颠沛流离，家庭不能团聚。

母亲生下大哥卫东后，转学到大连念完医学院，留在大连一所军区医院工作，一直做到院长，直到离休。她选择不随军，给人们的说法是对孩子的教育比较好。母亲很少到铁道兵前线阵地去，每年只有父亲回大连作短暂探亲。后来陆续有了姐姐爱东，二哥向东，再到他，旭东，便是这对夫妻最小的孩子。文革开始后，父亲回家的日子越来越少，到了寒暑假，他和哥哥们就结伴到父亲转战的铁道建设一线探亲。姐姐爱东嫌那里生活条件苦，跟母亲一样不愿出远门。

一九七五年的夏天，大哥卫东已到哈尔滨军工学院当工农兵学员；爱东在沈阳军区文工团拉小提琴，二哥向东则刚入伍，在福建当海军。

他的梦里，常常出现这样的镜头：火车被隧道鲸食着，一吸，一吐，光明是短暂的，黑暗是漫长的。他在硬卧上昏睡，也不知走了多少时日，在鲸鱼最后一次呕吐后，他看到赭红的山地。南疆的土竟是红的，这记忆怪异又深刻。他从柳州火车站下车，由军用吉普接走，一路沿着融江向北开去。山间道上，到处是衣衫式样繁复的少数民族。他跟着警卫班的小张学着辨认壮、苗、侗、瑶、么佬、毛南各族。在北方大雪纷飞的季节里，他吃惊地面对那里遍野的苍绿，还有女人光着的脚丫。

他之所以选择再去一次融安，是之前在那里度过的一个春节留给他太深印象。那年春节，广州军区丁司令到枝柳线建设工地慰问劳军。作为师政委的儿子，他也没见过那样的排场和阵式：一色的军用吉普，绵延数十辆，将这个少数民族地区的小县城碾得尘土飞扬。漫山遍野受阅的军人阵仗，山呼海啸的口号声，军号声，锣鼓声，盛装的各少数民族队伍载歌载舞。用毛竹从县城外十多公里搭起的一个个披红戴绿的凯旋门下，鞭炮声不绝于耳。庆功宴摆在县委大院里，从大礼堂一直摆到院子里。融安闻名的特产金橘在餐桌中央堆成小金山。酒席上，军人们勾肩搭背，狂吃海喝。丁司令在他父亲等的陪伴下，一桌桌敬酒过来。丁司令慰劳战士们的是真正的茅台；他也是第一次喝到真正的茅台。酒席上，有人狂笑，有人悲号，看在他这个少年眼里，怪异又滑稽。他像鱼一样游在亢奋的人海里，不舍得停下。直吃到实在憋不住，才离席去找厕所。

从临时搭建的厕所里捂着鼻子跑出来，天色有些暗下来，他循着哄闹声寻去，却转错方向，闯到在县委后院临时搭盖的厨灶间。在这里，他第一次见到小梅。

十四岁的小梅长着一张圆圆的脸，两只圆大的眼睛特别突出。她穿着桃红的灯芯绒套衫，上面还圈着浅黄花边，有一点短小。手臂上戴着两个深蓝的小袖套，扎着两只翘翘的羊角辫，半旧的咖啡色裤子有点短了，脚上是一双半旧的黑灯芯绒布鞋。她从厨灶间门口伸出头去，向院内偷偷张望，表情好奇而又小心翼翼。你是谁！你想干什么？他从她身后一吼，想要吓她。她转过头来，瞬间，他感到了自己身体奇妙的变化。这变化来得非常突然，将自己吓着了，下意识地用手挡向下腹。但这感觉又令他兴奋。你到底是谁？干什么的？他的声音软下来，带上了温情。后来小梅说，她从来没有听过这样清脆正统的普通话，温存地从一个瘦削文静的少年口中说出。

我是李红梅，她退进厨间。后面有剁菜的声音，有人声在说唱喊笑。灯直射下来，她搓着手。她整个脸盘眉眼跟年画上常见的漂亮女娃很像，只是她的皮肤带一种浅浅的棕色，在灯下泛出淡淡光亮。他盯牢了她看。这里见到的女孩多半青瘦黑黄，这是个异类。

还李铁梅呢！他笑起来，他看到她圆润的脸在灯下一晃，就发出微光，他生出想去捏一把那脸蛋的冲动，但忍住了。心别别跳着，为自己怎么会这样流氓。她说，不是，是红梅，大家叫我小梅。小梅，你好！他伸出了手，她的手在胸前捏紧了，不敢动。我是王旭东。晓得的，你是王政委的小儿子。她的口音里有很重的南音，不像本地人的口音，让他听得新奇。嗯？他微皱眉头，发出很重的鼻音。大家都知道的，她说。

他问，你要不要跟我去吃一顿？小梅赶紧后缩，说，不行不行。我不可以的。这时里间有人在喊小梅！小梅！快来帮拣菜！小梅转身就撩了帘子进去了。他才将他的手从下腹移开。

在春节期间，他又好几次专门走过那厨灶间，却再没有看到小梅的身影。他向一个在食堂工作的女人问起李红梅，女人让他在板凳上坐下，一边剥菜一边说，那是县教育局里从柳州下放来的老李家的妹崽，好漂亮是哇？他点点头。女人又说，那老李老婆当年在广州念大学时，还是校花嗫。一家人蛮可怜，老李是脱帽右派，一向很倒霉，到这县里来，只能在教育局刻刻钢板。那老婆原来在柳州教中学，嫁得这样的老公，也只能跟来在县委食堂卖饭票，人还傲得很。一个好宝贝的独崽，到三江侗寨里插队去了。

三江在哪里？他问。在融江的上头啊，那里山得很，再出去就是湖南的大山，以前好多土匪的，冤家一打，还吃人嗫。那里穷得很，大山难得有平地，一个石窝里种上三五棵玉米，几棵菜。说不好，女娃生得这么好不是好事体，命有得苦呢？你看她娘就晓得，人强命不强，有什么用？唉，这小女原来一直跟外婆在南宁上学,可怜年前外婆死了,只得来融安随娘老子。女人说着摇起头。他听得心隐隐作痛,却不知如何反应,起身悄然离开。

在那乱世,他在大连住军队大院,外面山摇海啸。家里的哥姐去串联,去造反,人影难寻。母亲管不住那几个大的,就更盯牢他,最乱那几年,几乎天天带在身边,不让他出院门一步。这样的保护,使得乱世的风雨打到他身上时已几无痕迹。如今,这真实的世事,突然在南疆的山道上撞到面前,他不知如何应对、思想。

回到大连,他时常回味那个浩大的军中盛宴,那清风中的飞尘。因母亲管得严,他没有很多朋友,他多半的时候只能是自我回想。也只有母亲愿意倾听。他告诉母亲,那里的山是青白的峻险,土是红色的赤贫;融江穿城而过,岸边很多少数民族的吊脚楼。凤尾竹低矮茂密,将江水映成碧绿。朱槿花硕大艳丽的花朵,沿着河岸高低错落地怒放。一些江湾上,翠竹蔽过江面,江水清澈见底,忽然抬头,就是万仞峭壁。山民就凭垂下的青藤攀崖而上,采药挖宝。这些将母亲听得安静下来。只是偶然，非常偶然，那件桃红灯芯绒衣和浅棕圆润的小梅的脸会浮在他的梦里。直到一次，他醒过来时，触到那下腹的一片湿滑，融安便成了一个诡魅，让他强烈地怀想起来。

一九七五年夏天，他再次来到融安县城的时候，融江下游融水县境内的铁路建设工段发生大塌方，父亲带着指挥部人马在第一时间奔向事故第一现场。他被警卫小张接来，在县委大院深处的小砖楼住下。南方夏季的潮热令他深感不适，大院里又碰不到同龄的孩子，就是有一两个年龄相近的，部队里官阶森严，让本来就不熟的孩子们也玩不起来。小张按他的要求，将他领到县委图书室看书。因父亲的交代，他被特许进入不对外开放的内部图书室，他在那里翻到了《青春之歌》、《迎春花》、《苦菜花》，还有一些苏联文学作品。他将它们扛回家中。

等待父亲归来的那些天里，他白天看书，练毛笔，傍晚就像这个县城所有的孩子一样，奔到江边游泳。刚开始警卫员小张还一定要陪他游，后来发现他的水性非常好，就不再坚持，且融江经过县城一段水不深，他就可以自己出来了。他常顺着江水往上游游去，那儿有一个小小的瀑布，四周翠竹蔽日，瀑布下方不远处有个小小的沙洲，上面有对岸农人种的萝卜。他有时游过去拔一个萝卜，到江水里洗了啃完，再到树荫下的草地上躺一会儿，再游回来。

在一个回游的傍晚，他在水中看到了河边小道上推着一辆自行车慢走的小梅。他从水中浮出来，朝她喊叫：李红梅！小梅！她穿着自制的布褂短裙，红色的。她循声望向江面，立定。他游向岸边，看到她惊喜的眼色。

这时，他看清楚了，小梅身上的布褂是无袖的，肩上那截还收裁进去，两条圆润的手臂随意搭在车头，在夕阳的光影里放出浅铜色微光。他再游近些，看到她手臂起落间，腋下翻覆的暗影。她一只腿搭到脚踏上，裙子缩到膝边。在北方的城市里，女孩子夏天穿凉鞋也要套一双丝袜的，他不记得，他曾经这样直接地近距离看过女孩子的肌体。那奇异的感觉又回到身上，他沉潜下去，只敢将头露出来。

小梅放下自行车，沿小道走下来，在水边一块礁石旁坐稳，等他游过去。他在夕阳中看到她的脸瘦长了些，羊角辫剪去了，只在脑后扎一个小小的马尾。一对眼睛还是那么圆亮，一闪一闪，让人发晕。他很想说，他很想念她，很挂念她，见到她很高兴，但他什么也没说。只在水中和下身的感觉周旋，脸上傻笑。

小梅说她暑期在县罐头厂打零工，剥四季豆，一天挣六毛钱。比我哥在三江好多了，他一天才挣一毛钱啊。她说，她可以将暑假挣的钱，给哥哥买很多好吃的寄去。他听得有些难过起来，忽然说，不要怕，我让我爸爸把他调回来！她睁大了眼问，可能吗？当然！他说。小梅温柔地笑起来，说，我只有这么一个哥哥。她告诉他，她在此地没有什么朋友，语言不大通，当地孩子感兴趣的事情跟她也不一样，母亲又管得很严，好孤单。她说她很怀念刚去世的外婆和南宁的那些表亲同学，但好难回去了，她叹气。

她问他关于大连的事，关于大海。她叹一口气说，我都没见过大海呢，我外婆说要带我去北海的，但等到她都走了，我们也没去成。现在我们是越走离海越远了！他在水中说，不怕的，将来你有机会呢，到大连找我！她笑起来，说，大连！跟天那么远！我好想念城市，在南宁，我们夏天也是天天傍晚到邕江里游泳的。他说，你现在也可以游啊，邕江有融江美吗？她说，嗯，毛主席在邕江游过的，随即摆摆手，说，不一样了，心情不一样了，我都忘了城市的生活了。她的眼帘垂下来，好像要哭，让他心疼。

他们一个水里，一个岸上地聊着。天色黑下，星星出现在天幕上。就着黑，他在水里张开四肢，饱胀的感觉不再被压抑，慢慢地吐出一口口长气，它们变成水泡，在水面上旋散。这时他听到了远处传来女人呼唤小梅！小梅！啊，是我妈！小梅跳起来跑回岸上的小道，骑上自行车离去。他潜入水中，耳边仍是那个低沉的女声，嗡嗡嗡的。他不敢相信那声音竟发自一个传说中的漂亮女人的喉间。

他和她这个傍晚起，几乎天天在江边相见。他父亲从融水回来后，小张就更不管他了。她从罐头厂下工回来，将自行车放到江边，就下到岸边跟他闲聊。他带给她二十五元钱，让她给哥哥买罐头去，那是母亲在他离开大连时塞给他的。她死劲推脱，说，绝不可以，她母亲知道会很生气的。他又带一些禁书给她看，她将它们塞在包里，偷偷带来带去。共同的阅读，让他们有了新的话题，他们谈那些故事，也谈那里面的男女感情。话题变得有点暧昧。他也游得离江里的人群越来越远。

后来她听从他的鼓动，书包里放了毛巾和自制的布质游泳衣裤，下工回家的路上，也下水和他一起游。她的水性更好，两人一起，游到上游的小瀑布前，又转到江心洲，有时坐一会儿，有时拔个萝卜来吃。她的泳衣是粉红花的短裤和套头衫，那肤色在夏天的河水里愈发深了，竟显出了异国情调。她那年刚刚发育，泳衣打湿后，紧贴到身体上，胸前微微凸起，让泳衣在胸前变出立体的花色。他常常低下头，不敢直视。

直到一个黄昏，他再没能忍住，在江水里抱住她。他十六岁了，他想，又算，她十四。他母亲生下大哥卫东时，也不过十八岁啊。他闭上了眼睛。她温软的身体倒在他怀中，自己也没有想到，他吻住了她的双唇。她勾着他的脖子，浮起来，他看到她深色的长腿，在江水中展开。他的手从水底伸向了那个V形的底点。她在水中扭动起来，他们搂抱成一体。她在他的肩上臂下滑移，鳗鱼一般。他们的身体在水的清凉中烧出温热，相互纠缠着，向江中心的沙洲漂去，最终搁浅在沙滩边。

在傍晚的天色里，他看到了她透湿的棉绸衣下，两颗花蕾般的果实突起。他的手捏住了它们，她叫出了声，那声里有着一种畅快。这畅快传染了他，他的身子贴下去，在她的身体上挣扎，不知要去向何方。他再次吻牢她，突然想，他要将她带出去的，带离这蛮荒山地，去很远很远的地方。她在他的身下扭动起来，似乎要叫。他没有放开,他让他的欲望推到绝境,他觉得他的游泳裤裂开了。他去拉她的手,移向他的坚挺。她的手死抵着,他的坚硬贴到她的大腿,她的身体在他身下急速扭动。他想控制她的移动,就更压紧下去。他又去抓她的手,没抓牢,突然,他腾空而出,将自己也震住了,他侧翻起身,看到那白色的浆液,抵达她唇上。她翻过身去,趴在沙地上,哭了起来。他去拉她的手,想劝慰她,她用手捂住脸,死活不松开。他看到两滴眼泪,从她的指缝间流出。

河岸上传来的呼叫小梅的声音。是我妈妈!小梅惊吓地坐起。她的身上一片污迹,沾着泥沙,狼藉斑斑。她跳下水,不停地擦洗。天黑下来,他看着她游过江岸,很安静地一会儿,然后是母亲的呵斥声,闷雷一样从水面上滚来。他跳入水中,潜到江底里,旋转,再旋转。浮出江面时,他想到明天就回大连。

第二天中午,他看到父亲由县委许书记陪着走向办公楼,小梅的母亲扯着小梅的手,安静地跟在后面。他躲在房里,低伏在窗边往外看。

他看不清小梅的表情，只见她短裙下的长腿，步伐凌乱。小梅的母亲穿一件白衫，一条黑绸裤，高挑身段，头发盘起来，露出长长的脖子，脸的轮廓好美。他们走到指挥部办公室里，很久才出来。他吓得一直哆嗦。

父亲出来，立刻回家找到他，将门摔上，揪起他的衣领，先是一脚踢到他大腿上，再回身又扫上他的小腿，他当即跌坐到地上。父亲大声吼道：你他妈的跟我老实讲，你都干了什么好事？

他缩着身子，说，没有，我们只是游泳。父亲原本就长的脸拉得更长了，鼻孔里没修剪的毛都翘起来，厉声说，你知道吗？强奸少女，要坐牢的！弄不好要杀头，你他妈的死到临头还不讲实话！他哆嗦着说，我没有做什么，我没有做。还说谎！父亲一个巴掌过来，侧身一转，皮带就抽了出来，在空中劈啪一甩，又一甩，是更响的一声。父亲吼出声，男子汉敢做敢当！你不要让老子瞧不起你！真的没有！他说，抱住了头。那人家女孩子身上的……反正要去医院验的,你到时哭都来不及!父亲厉声又一吼。他哭出了声,说,不是的,是她主动的!他自己也没有想到,说了这样的话,嘴唇哆哆起来。可是他没有就此打住,他看到父亲变得青黑的脸,又接着说,她说要我帮忙托你将她哥哥调回来,就一直跟我接近。昨天,昨、昨天晚上,她,是她退我的裤子的……够了!不要再讲了!这么可怜的人家,你还搞人家的女娃!他妈的,这些年你妈是怎么管教你们?你给老子滚!小心老子抽死你!啪!父亲用皮带朝桌上狠抽一记,一脚蹬翻了椅子。

父亲让警卫小张将他带走,随后追到走廊上对小张又说:这小子你一定给我看牢了,不让他再出这院子一步。

三天后,他被通知立刻回大连。离开融安是在下午,父亲将他送到大院门口,他问,爸!小梅……父亲盯了他一眼,低声严厉地说,别再提了,好在医院也证明没有事,你给我回去,再没有什么小梅!他说,爸,我那天说的不是真的,不是小梅……父亲打住他,说,这都不重要了。他说，小梅不会有什么事吧？他们一家好可怜。父亲盯了他一眼，说，你晓得就好。他们也是今天走。到哪里？到三江去。他的泪水下来了，父亲说，这对大家都好。他们自己选的，一家人可以在那里团聚。但那里更山了啊！是我跟她讲的，让你帮他们调回城里的，爸爸，你可以帮他们的！他叫起来。父亲铁青了脸，不出声。

爸，我说的不是真的。父亲立即打断他，说，我说了，这不重要。你自己注意，不要再闯祸了。听爸爸一句话，一个男人要有大出息，就要管得住他那个鸟玩意儿！你记牢了，这是历史的教训，血的教训！

沿着融江，在县城外的岔道上，他们的吉普车往南去柳州。一辆向北的卡车开过，他看到坐在卡车后面一些简单家具边的小梅一家三口。他不敢摇下车窗，只隔着泪眼望去，看到小梅靠在母亲肩上，风将她的头发吹散，挡住了大半个脸。在会车的瞬间，小梅的脸变成一扇被风吹摇的蒲葵叶，不停地拍上他的眼帘。

她没有看到他，或是不愿看他。少年短浅的人生经验没有让他意识到，那面被风撕裂的蒲葵，也许将是她留在他记忆里的最后影像。他低下头，捂着脸哭起来。

他在第二年春天，改动年龄后直接当兵去了黑龙江。广西，融安，融江，小梅，都在现实里淡去。一九七八年枝柳线全线通车，父亲转业回到大连。他也考上大学到了南京，再没有人提过那段故事。直到父亲离世前，老人主动提起，他曾派人打听过那家人的下落。有说他们文革后回柳州了，又有说回南宁了，后来又有人说那漂亮妹崽念完大学去了美国。总的来讲，没有坏的消息。他不知道，是不是父亲在安慰他。

他没有勇气去找小梅，也没有勇气去证明父亲的交代。直到那日，在旧金山湾区华语电视台的访谈之后，他接到了电话，那个叫小梅的女孩——如今是女人，找上来了。他只失口说了一声广西，隔着三十二年的光阴，她一眼就认出了他。他后来想过，也许在那个夜晚，他并不是失口,他那黑沉沉的潜意识,被聚光灯突然照着了。

我是小梅,广西来的。她在电话那头很轻地说。那声音是陌生的,但口音是熟悉的。他想他们同时流下了眼泪。

是的,那是每一个人的文革。他准备了那么多年,就为着说一声道歉。这道歉还有意义吗?它不过是形式。但形式也很重要。不然他不能完成那个仪式,越过那道坎。

他再望向那片隔开史坦福购物中心的魅黑沼泽,问自己:王旭东,你准备好了吗?

三

一滴裹在光圈中的橄榄色从镜子右下角浮出,立刻被她的目光锁定。

光点飘游在深远的廊柱间,被不同方向的光源追逐,扭曲,切割,吞没,又吐出,鬼火一般。她盯牢它,忽然心生安慰。这么多年,她在漆黑漫长的时光隧道里屏息疾奔,后有狂追而来的怪兽，旁近是此起彼伏的楚歌。此刻隧道尽头终于闪出光，一束绵软、若有若无的微光。她睁大双眼盯牢它，生怕眨眼之间，它便泯灭，令无尽的黑暗又堵牢隧道的出口。

光点停在店门前。店里暧昧的暖黄穿过玻璃，将它变成一柱纯粹的菜色。修长，细弱，了无声息，如秋塘里通体浸透的一枝荷杆，啪地一下，拍到眼前。他的手伸向门把，又缩开，退出一步，抬头去看店牌。鼻端上方的无框眼镜打出两道高光，稍纵即逝。南中国闷热黄昏里，雨云底急短的闪电一般。他微蹙起眉，侧身从窗外向里望。隔着三十年的岁月，她迎见的仍是两潭浓稠的幽怨，一如那夏季的午后，他背负着粗陋的大木牌站在粗陋的水泥高台上，拨过少男少女越扬越高的呼叫口号的声波，望向她的瞬间。

馥郁袭人的九里花香，铺天盖地扑来，令她眩晕。她转过头去，明亮的高镜里倒映出一个仓皇出逃的白衣少年，闪出冬青丛后，番石榴果落如雨。他的手臂张开，用力剥离亚热带阳光里疯长的荆藤。手在荆棘间开成白色的朱槿，衣衫渐成褴褛，在黏稠的热汽中，飘似一杆凄凉的白旗。他被那白旗纠缠，渐行渐险，终于踏上那条她亲手搭出的长栈，奔向水中的孤岛。四周鳄鱼成群。白旗在孤岛上旋转，终于被风撕裂成碎片。栈桥崩析，天涯绝路，他在那里成为她的流氓犯。

她侧过脸，犹豫着是否要起身离去。但他已经拉开门，堵住她的去路。她安静地靠回椅背，双臂在胸前抱着。有点冷。黑色开司米毛衫映上她月白的脸色，让她看上去简直是寒冷。最好他不能认出她来，如果他认不出来她来，她就顺势离开？为从急追在后的怪兽口中争出自由，她今日选择迎面出击，却终于获得机会发现，扣动扳机需要的力气和胆量，比奔跑更消耗人。她已经躲在光明里那么久了，其实可以一直躲下去的。也许有一天那个怪兽也会老死，然后被无尽的光明埋葬。

他径直走过来，没有一点犹豫。自然得还抬了抬右肩，一边扯着那双肩包滑落的肩带，一边灵巧地穿过台凳间的空隙，沉着地向她走来。他盯着她看，步子很稳，像是习惯长途跋涉的行者。大概没有人猜得出，他去过那个孤岛的吧？他在看她，盯牢了她，表情无辜得令人心碎。她别过脸去。

他一眼就从店里的三张东方面孔中认出了她。暖黄的墙面，暖黄的圆台上面紫红的碎花片，衬着她的黑白，对上了那夜她在电话里的声音，令他心下生出一个响指般的急短钝痛。他微眯起眼睛望向她。对一个广西女子而言，她太白了，轮廓也太分明，一点一撇一捺，毫不拖泥带水。只有那双眼是像的，它们是鱼形，尾巴翘上去，给她的冷色调出几缕恬然。这不是典型的广西女子容颜。但她肯定是广西的，至少在这三张东方的面孔里，她是。那种广西女子的味道：羞怯、闲适、随遇而安又无所适从。他轻哼出一声，绷严的脸随即垮下，像微微一笑。他在前世里只经过那山高皇帝远的红土之地短短两次，果真晓得、又记得，那里的女子是什么味道？

这已不是融江畔缓缓抽芽的那枝红梅。她

的脸变长了，也漂白了，像一只童趣十足的土
陶，脱胎淬炼成另一个瓷器，土陶凸显质感的
粗粒都打平了，折出精致的微光，令人意外，
却说不出好坏。他见过红梅初放夺目的花蕊，
它竟在时光里开放成如此静好的白梅，使他讶
异。令他安慰的是，这仍是一个美人，一个气
质出众的美人，是他最有兴趣采访的那类美人。
她们是他的因，也是他的果。

她站起来，伸出手迎向他。她作出笑的表
情，那两条鱼尾翘得更高了，她的笑做得自然。
在剑桥的论坛，在英特尔的年度颁奖典礼台，
在国际政要出席的国际高科技大会讲台上，她
从来不曾怯场。希望今天也不会。你好！她听
到自己得体的柔声，心下惊异他的镇定。

"旭东"两字抵至舌尖，没有被她叫出声。
她爬上他家窗台上叫过的，鼻子里全是纱窗上
的灰尘和铁锈的腥味儿，细细的小腿被墙台上
粗砺的水泥砂粒面磕得生疼。她那稚嫩甜蜜的
嗓音，早已随风而逝，只留下她心底结成的一
颗黑痣——流氓犯，她的。他的手在她的手中，

被她捏紧。她的心忽然很软，有点像那个初秋的黄昏，她从护士手里接过刚刚出生的女儿亮亮的瞬间。她哭了出来的——当她接过亮亮的时候。她很想上前轻拥他一下，可手臂只抬到一半，就落到他的臂上，只轻拍两下。

他很淡一笑，露出整齐的牙齿，跟他的身材成比例似的细长。他的眼睛却没有笑，只抬一抬眉，便溢出深怨。抢在他开口之前，她说，就叫我特蕾莎吧。这话令她飘起来。他的脸上显出天真：噢，好名字，有大慈悲的。她一愣，就想到特蕾莎修女那张脸饱经风霜的脸，穿过表情悲苦的人群，为众生求着神的垂爱，神的悲悯，和宽恕。她的目光有瞬间的模糊。

他们立在灯下，离得很近，他的气息逼过来，令她的双肩抽动了一下。她弯下腰，提起裙脚。他朝她抬抬下巴，那瘦削的少年的下巴，示意她将裙脚扯起来，再扯起来，再高一点。他跪下去了，将脸凑近来，他带着九里香令人发晕的少年的气息包裹住她。她甩甩头，看向顶灯，那光明刺得她眼疼，她觉到手心有点黏。

你要喝点什么？她轻声问。他挪着椅子，将双肩包搁下，一边脱下橄榄色的卡叽长外套，一边说着，我自己来。他们一齐走向柜台，镜中映出好看的一对，留住她的目光。他抬头看墙上花花绿绿的大看板，表情茫然。她走过去，跟在他身后低声说，我来，我是地主。他侧目看到她握着钱包的手，白皙修长，上面有些青筋若隐若现。指甲剪得很短，微微有些抖。红梅那双少女的手是丰腴的，在清凉的融江水中划过，指间岔分着江水，如那远处截流溪水的涧石。那湿软的手最后环上他的肩背、脖子，缠紧，又滑开，温软如鱼。可那样的手，却让时间削成这样。它们其实更好看了，却已属于另一世人生，跟他脱离了关系，虚幻得失真。

你要什么？她问。他不再坚持，说，那就要咖啡吧。

只要咖啡？加点什么？。

就咖啡，如果有茶更好。

有的。

那就要热茶。有什么茶呢？

　　我推荐大吉岭,喜玛拉雅山脚下印度产的。红茶,说是红茶中的香槟呢。

　　那好,就要大吉岭。

　　她又点了一块绿茶慕丝、一块芒果慕丝。一绿一黄,被糖浆裹得发亮,装在精致的小盘里,上面点缀着细巧的巧克力条,像橱窗里的人造饰品。他打量它们,不忍动手。这芒果没有广西的香,但已经很好了,你尝一下吧!她咬字很准,没有一点广西腔。时间又漫上来,淹没了那每一句感叹、每一个强调,都要拖上的"嘎"音。连口音也漂过水,他有点感伤起来,苦笑了一下。

　　茶端来了,雾气漫过两张表情尴尬的脸。他取下镜片,拿起台上的纸巾擦拭。他感觉到她打量他的目光,抬起头,朝她笑笑。那个白衣少年瘦削而五官模糊的脸,修长的身架和那通体的孤怨,在她眼前慢慢复活,又似是而非。他的脸形没变,只是皮肤黯成深色,眼角嘴角都有了细纹,头上已生出疏浅的华发。她说,都有点都认不出了,她描述的是他看她的表情。

他将眼镜戴上，看到她眼里的一层薄泪，说，如果在路上碰到，我真是完全认不出你了。她动动嘴唇，噢？她遇到故人旧友，大家都说，你怎么都没变？都没变，为了这个幻象，她一直努力让她的容颜刻定在时光里。"茫茫人海"，她喜欢这四个字。她想象过无数次，就在那茫茫人海中，某一天，他会突然从后面拍她的肩：你像海豚，在茫茫人海里一跃而出，被我擒住。

她噙着薄泪，点点头，说，不奇怪，已经过去三十年了。他将很小的一块芒果慕丝叉上，正往嘴里送，听到她的话，手停在唇边，微眯着眼看她，说，最后一次见到你，是在枝柳线上。

她一怔。你后来给送到枝柳线上了？在她的少年时代，枝柳线是一个名词，代表艰难困苦、刀山火海、奋斗献身。设备和技术那么落后，靠的是肩背手扛的人海战，那一线的地质条件也不适合建铁路，常闹塌方、泥石流、爆破事故更是家常便饭。学校里来过枝柳前线英雄报告团，主席台上全是失去了腿脚、手臂、炸瞎了眼睛的英雄。有个女民兵队长，右腿炸飞了，在台上，说到她的铁姑娘队友被压在土方里，只露出个脑袋，但她们就是全体上阵，也无法及时将那十九岁的姑娘扒出。"她就死在我们面前！"铁姑娘队长忽然崩溃，在台上嚎啕大哭，让他们听得发抖。可他那时只是一个少年！

她拿起杯子，热气冒上来，她透过那热雾看向他：我真的很难过，我非常抱歉，我一直等着有一天能够向你当面道歉，等了这么多年。

他一愣，口中溢满芒果的香气。他没有细嚼，囫囵吞下，甜腻在喉道里堵上，赶紧拿起茶杯喝一口。热气漫升，镜片上一片迷蒙。风中一枝红梅摇曳，灰尘飞卷过，水落石出的暗夜，随风扑面而来，河石沉落，岸边水花刻出的石纹，漂出一朵素净的白梅。他晃着脑袋，恍惚无着。

应该说对不起的是我。你们一家被下放去三江，就是因为我。当然，也，也还有我父亲。他去世前还提到过，他好些年都托人问过你们一家的下落，还是他告诉我，你到美国来了。你不能想象，这消息简直让我们如释重负——不是为我们自己。我今天能见到你，能当面向你表达我的、我们一家对你的歉意，我想我父母在天之灵也会欣慰的。他说得很慢，很镇定。他为这个时刻，准备了近三十年。

她低头拭泪，不是为他的话，是为那世事。他们的父母都不在人世了，只有他们活化石一样地存活着，要见证那个时代。她真愿意，她早就忘了它们。

她将被泪水洇湿的纸巾搓成小团，捏在手心，它令她感到安心。噢，你都讲到哪去了？我和我妈后来去了桂北分院，跟我爸爸和哥哥团聚。全州比三江那种少数民族山区要好得多。分院在绍水镇上，那里因为有野战军，供给和条件都还好的。她停住，没有告诉他，她再也不敢跟军人的孩子接近。他们每一个人，都让她联想到她的流氓犯，像是她的前科。她看到他张大了眼睛，直愣愣地看着她。他的眼睛好大，让她有一瞬的走神。

后来听说，你们家转去桂林的野战军医院。我到长沙读书那年，碰到一个你们大院来的女生，向她打听过。她说你们又转到湖南，从那里又去了成都，就下落不明了。她说你的哥姐都很出色，只有你因为小时候犯过错，一直不大顺。我一听，就再也不敢打听。I can not handle the truth, just can't（我对付不了真相，根本不行）。她说着，用那手心里几乎溶开的纸团，揩了揩鼻子。

他双手交叉抱在胸前，安静地看着她，像一个局外人。他的沉着安慰了她。我也会想到你母亲，她真是个好女人，我常想起她，觉得很对不起她。我做了母亲之后，更能体会到她当时的心情。很少女人能做到她那样的。她肯定希望我会说出另外的情形，让那糟糕的局面改观，把你从绝境里救出来。她有这个能力的，也有这个特权，但她放弃了。她很了不起。她让我一个孩子坐下，很平等地谈话。她甚至没有暗示我，或引导我说一句假话。她只是拼命抽烟，拼命抽……最后，她说：那他就差不多完了！就是到那时刻，她也面不改色……她用手掌挡住了脸，头侧下去。不能哭，绝不能哭出来，她在心里急速地提醒自己，手心一片黏湿。

他起身离去，又很快回来。将一杯热茶和
一叠纸巾推到她手边。看她优雅地将茶杯端起
来，他吁了一口气。他这时已看清整个画面，
竟生出几分快意，为自己又逃过一劫。随即手
脚有些发凉。但那是另一个深渊。也许再没有
机会了，再没有。

她的情绪有些平稳下来，他示意她喝茶。
她点点头，乖巧地喝了两口，又放下杯子，看
着他，嘴扁了一下。他怕她又要哭，赶紧说，
那是时代的原因，你那时还是个孩子，怪不得你。
这话让他心口尖锐一痛。

她歪了头看他，说，我是常想，将它推给
时代，很多人都是那样做的，由此寻得太平。
像你我的父辈，像你我的兄长。

你不是他们，你不能这么说的，他打断她。

她迟疑了一下，点头。但它让我得了强迫
症，是强迫症。它扣在心上，我一不小心，它
就钳我的心一下，生疼生疼，那种感觉太可怕
了……它又像一个怪兽，伏在道旁，可能在你
人生最得意的时刻，冷不防跳出来偷袭，让你

的自尊瞬间挥发。有时我真的很想不通，自己为什么会被它困扰成这样。其实，拿它跟那个时代那么多惨绝人寰的悲剧比，它……再说，那时我那么小，那么封闭的社会环境，没有人教导，我们都不知道怎么面对那青春的事情。喜欢一个男孩子，感觉非常惊悚，又暧昧，又是那么刺激，那么小的躯体不能控制的。被人一勾引……

　　她停顿一下，他的脸色变青了，盯着她看，眼神是凉的，像是有点不屑，这不屑刺痛了她。她说，你到底比我大，又见多识广，你可以不做那些事的，你还，你勾引了那么多女孩。在那种时代，你做那样的事情，女孩子们……不是我去说，迟早也有别的女孩会去说的……

　　他迎着她的目光，很轻，却是很慢地说，特蕾莎，你认错人了。

　　他看到她的鱼形的眼里跳出两点光，随即暗出无边的黑，无边的暗。他又朝她肯定地点点头。她像一个休克的病人，翻了一下白眼，然后眼睛又慢慢聚焦，最后盯牢他的眼睛，嘴微微开启。

　　他很轻地说，真对不起，非常对不起。如果我可以安慰你，那就是该告诉你，像美国人讲的，我其实穿过你的鞋子。他看她皱起眉，头侧了向前靠过来，像是要肯定自己没有听错。

　　他凄凉地笑了一下，前倾了身子，很轻地说，我虽然不是你的那个王旭东，但我做过你指责的那些事情，是在广西。在你们广西偏远的融江水上。他停下来，好像又坐在母亲床边，成为一个孤寂的少年。他的心被什么钳住了，像她形容的那样，换一个姿势，就被钳得刺痛。他的眼里染上淡淡的雾色。他的手比划起来，那江流，那岸边的修竹，茅草，江心的萝卜洲，悬崖上的青藤，水中的卵石，那枝被时代洪流冲载到他的江心洲上的稚嫩的红梅，被他猛兽般的青春欲望拦腰折断。他安静地躺在江水里，看到南国天幕上的点点流星急落，浅粉的花瓣四散，顺流而下。那水流，和她的泪汇在一起，决堤而去，淹没他们的青涩时光。

　　他停下来，看她直坐着，脸上泛出清白的

光。他低头去喝大吉岭，吞到嘴里是一片冰凉。

　　旭东！她轻叫了一声。见他愣着不语，她拿杯子，去柜台加了热水，回来递给他。他忘了道谢，低头喝茶，不敢看她。他听到她说，我真愿意我就是她，你就是他。这么多年，我一直将他认作我的流氓犯。

　　他抬起头，安静地握着杯子，看她。她转着手里的空杯子，目光越过他，有点散：很多年前，在剑桥，我听牧师讲到"赎罪"。我儿时对旭东做下的事，就成了一个十字架，压到心上。我就想，有一天要找到他，要真诚地当面向他道歉，讲出我的忏悔，我才能得救。如果你就是他，我们有过今晚的谈话，我就可以解脱了。

　　唉，那个夜里看到你出现在电视里，对我来说，就已经放下了一半。我想，你都能来美国访问了，你的人生不会过得很差的。如果我今晚不来，也就很可以了，如果我对自己不那么苛刻的话。你可以不揭穿的。她说着，凄凉一笑。

他想告诉她，未必。当她从道歉开始，转到指责，他就晓得，她还有很长的路要走，哪怕今夜里，她遇到的果真是她的流氓犯。但他没有说出来。他只点点头，附和她：我懂。我也一样。我父亲去世前还说过，听人说，她去了美国，很好。父亲是带着这样的消息离世的。只是现在，还是没有答案。

我们就是彼此的答案。她很轻地接上一句。他沉吟片刻，有点犹豫地说，说，你不用很担心你的王旭东的，我可以告诉你，以他那样的家庭背景，他今天过得不错的几率是很大的。我这么多年作研究，调查的数据都是有统计意义的，它们也支持我的这个说法。就像你，那样的家庭背景，那样的成长环境，使你不会掉到洪水里去，你不可能过得很差的。你的王旭东，一样的道理。而红梅，她的家庭背景本来就是黑五类，我那何止是雪上加霜，简直是置人于死地。

她听懂了他的话，那个可怜的红梅的命运，才是可怕的悬念。她不知道该怎么安慰他，手

脚有些发凉。她一身纯黑，将她的一脸雪白衬
得更冷。

我这些年，寻访过很多你们这个年龄段的
女士。这个过程，有时我会很夸张地幻想为一
个自我救赎的过程。不要笑，很矫情吧，但我
在说事实。我大学念的是历史，毕业后留校教书，
日子可以过得很平静，但是，我少年时代做下
的事情，一直咬噬我的内心。那种感觉之磨人，
它没法跟别人说的，但跟你讲，你肯定懂。它
让我看到一点，那么大的一个时代背景里，那
么多的悲剧。很多很多，很可能就是由像我和
我的家庭的人参与造成的。

她看到他眉头拧成了一个结，下意识的抬
手摸了摸自己的前额，触到一片光滑。他瞥她
一眼，声音越发有些冷：我们是故意的吗？至
少我不是的，但是我犯下了，我和我的家庭在
那个时代中参与了制造悲剧。我们该推给时代？
都是时代的可耻？这样做，好容易。但是我这
里——他指指他的心口，说，它不得安宁。这
种问题想不得，越想越惶惑。我愿意我是个想

得开的人。想不开，我就想做点什么。想不开，我就觉得要做点什么。哪怕回山东老家看看我的异母兄姐，也让人踏实得多。我后来念研究生，很自然就选了文革研究。常年在路上，天南海北地跑。我想找出真相，想看一看，在动乱的时代里，时代巨大的悲剧是怎样一笔一划地给写出来的。

可是，像你说的，我真能面对真相吗？那些当年美人的命运，令人悲欣交集。她们之中，结局好坏的比例，跟掷铜板一样，五十对五十，这是个多么大的悬念。你，是好的这个五十，那么，你想想……我只有求上帝保佑她了。我这三十年，不停地忏悔。我过得越好，我的哀伤越深。今天下午，我才听了一个日本二战老兵的报告。他一直强调他对自己在战争时期盲从军部的忏悔。他连战场都没有上过……

他停下来，看向她，像在等她的回答。她小心地问：有时我也会想，忏悔也只是寻求解脱，还是为了自己，也许这就是我们寻不到安宁的原因？我不敢多想，想得多，会钻牛角尖。

你是做研究的，你也知道，做科学研究的人，在试验室里留下的一本本原始记录是多么重要。它们也许一时用不上，也许永远用不上，但是，做了，就是对科学的尊重。我做那些采访，记录，人家说对后人会有什么重大的意义，我看也未必。他苦笑一下，说，这就是萧伯纳讲的，The only thing we learned from history is that we learned nothing from history（我们从历史中学到的唯一东西，就是我们从历史中没有学到任何东西）。见她一愣，他摆摆手，又说，但是，我还是要做记录，它是对我经历的时代的一种交代，是对生命中碰到过的人们表示尊重的一种形式吧，至少我愿意这样想。作为个人的标准，我想，哪怕这辈子再也见不到红梅，如果我能在合适的时机，将自己的故事告诉我的妻女，那么我可能就真的走出来了。也许永远也不会说，这点，我还没想清楚。他取下眼镜，在衣角上擦擦，对照灯光照了一下。

她看他将眼镜戴上，才说，你做的那些工作，你的那些记录，会很有价值的。你说的这些，让我想起芝加哥大学经济学教授史蒂文·莱维特（Steven Levitt）最近很畅销的一本书，叫作《Freakonomics》（搞怪经济学）。他做的研究，就是从各种记录资料里，挖掘发现人的行为模式。像我们英特尔，还有谷歌等都请他来演讲过，听众非常踊跃。人家都说，他将来可能会因此而获诺贝尔奖呢。

噢？我倒要看看这本书。他从双肩背包里掏出笔和笔记本，让她将书名写下。图书馆该找得到的，她将笔记本递回给他时，加了一句。他接过，用笔在上面划了几下。她在一旁吞吞吐吐地说，我，还有句话不知该不该问……他抬眼看她，点点头，那眼神有暖意。你觉得，你那时对红梅有很深的感情吗？她问。他的眉头又皱起来，看上去有点困惑。

就是说，你今天回想，你跟红梅，有没有那种叫爱情的东西？她又加一句。他的心又给钳了一下。他想过，要将红梅带出那个山地的；他也真诚地承诺过，他要帮助她那个可怜的家庭……他停在那儿，好一会儿才说，我在这里听过耶鲁大牌教授哈罗德·布卢姆（Harold Bloom）的学术报告，他说，我们今天所理解的浪漫爱情，是莎士比亚一手创造的。可那时，我们读过莎士比亚吗？我只读过《苦菜花》。她呆住，女主角娟子在山路上与试图强奸她的坏人搏斗……她也读过那本书的，她却没说。

他的目光变得温和起来，偏了偏脑袋，说，那么你呢？你对他有吗？她抬抬眉，心又给钳了一下。她哭着奔向竹林的那个夏日午后，有一个瞬间，她想过的，她多么愿意坐在旭东腿上的是她！那个非常流氓的想法，让她生出巨大的恐惧和绝望，她抱紧一竿修竹，听竹叶跟她一起哭得沙沙作响。

见她没答他的话，他笑起来，说，你可以不接受我的采访的。她也跟着笑了笑，心下却生出些许不安。他摆摆手，从背包里掏出一本书，说，这是我写的一本书，作为那个时代过来的人，大概你会感兴趣的。黛青色的封面，叠嶂隐隐的山峦依稀可辨，上面竖排着一行潇洒的行书："另一种历史的故事"。"王旭东著"这几个小号的印刷体，老老实实地缩在封面角边。

她小心地翻开扉页，递过去给他，说，一定好好拜读，给我签个名吧。他掏出笔来，表情庄重地在上面写下："每一个人的文革，王旭东"。停了一下，他又哗哗添出几笔，才双手递回给她。

她看到"王旭东"的下面，划出一道破折号——"特蕾莎的流氓犯"。她轻轻揿了一下眼角，没有让泪水流下来。谢谢！她说着，将书小心地放进包里。这是一本暂时还不能与家明分享的书，她想，忽然有些难过。

他们走出咖啡店的时候，天色已是清黑。他们在门口握手道别，退出去一步，又同时倾过身子，轻拥住对方。他在她的背上拍了拍，她才松开了手，鼻子有点发酸。

她说，谢谢你来。改天请你到我家来做客，我们算是老乡吧？他淡笑，说，谢谢。我有你的电话，我们再联系。

她转身走向停车场，告诉自己不要回望。她很深地吐了一口长气，看到远方的天色泛出些许黛蓝。她跟那头怪兽失之交臂,她轻拍胸口,再吁了一口气。她突然想,该叫住他的,让他千万不要将她、将他们今天的谈话,还有这个夜晚,记到他未来的书里。就当作他们不曾见过。她愿意在茫茫人海里,跟他彼此错过。

这个想法令她转过头去。她望向回廊深处,一个人影也没有,一切都变得虚幻起来。她有些恍惚,突然,她的视野里出现一团黑影,渐渐逼近,带着凄厉的嘶鸣。

她立刻蹲下来,让怪兽"腾"地从自己的头顶上飞跃而过,奔向前方更深的黑暗。

她扶着廊柱慢慢站起来,转过身去,与怪兽背道而行。

繁枝

就是它吗？——立蕙轻声说着，半蹲下身，
去看珑珑搁在家庭起居室中间的硬纸板。灯好
亮，太亮了——她在心里说，下意识地转过头去，
扫了一眼墙角的立灯。智健和她并没有目光的
交汇，却在她从光源收回目光的瞬间站起身来，

走过去拧了拧灯杆上的开关。阔大的起居间立刻染上一层轻柔的橘光，沙发边龟背竹阔大的叶子呈出金色调的蜡亮，乳白色地毯与纸板交叠出的边界变得模糊，在脚下浮出一片浅淡的暖烟色。立蕙的目光迅速聚焦，柔和地落到纸板上。

这是一块从沃尔玛买来的学生专用课业项目展示板。长方形的主页旁有两个可折叠的副翼，合起来小巧轻便，易于孩子们拎着出入、上车下车，待到课堂上再展开，进行讲解答辩。

十一岁的珑珑趴在地毯上，手压在纸板副翼两端，扭过头来看着立蕙叫："准备好了？好了吗？"他还没变声，脆嫩的嗓音带着丝微的奶香气，扑哧而出，让长长的睫毛看着更翘了。立蕙摸摸他那滚圆的大脑袋，微笑着柔声说："我好了！"智健也坐下来，抱着双膝，故作郑重地说："小伙子，来吧！"珑珑不响，翻身坐起，敏捷地将折合着的两片副翼同时掀开，往两旁一摊，在智健带着夸张的"哇"里，展示板的内页袒露在柔和的灯光下。

立蕙第一眼看到的是顶行的深棕色花体字串：My Family Tree（我的家庭树）。珑珑写下的这些字有点大小不齐，带着毛边，看上去稚气未脱，跟他那一口脆脆的嗓音很是相配。

这是小学六年级学生珑珑的生命科学课最新课程项目：让孩子们写一篇文章介绍自己的家庭组成和来历，并以此为题做课堂演讲。立蕙明白，在美国这样一个以刻在国玺上的拉丁国训"E pluribus unum（合众为一）"为自我标识的移民国度里，"我从哪来"这类问号总是如影随形。他们相信，这"哪里"是生物和文化的双重基因，你只有扶牢这个浮标，才不致在各种文化合流而成的繁杂海面上沉没。但忽然看到珑珑这个年纪的孩子，竟已开始对自我身份进行如此郑重其事的有意识寻找，她还是有点意外。

版面上部的空间被淡淡的果绿色覆满，那是大小不一的叶子，每一张都映着圆润的肚子，却在叶尖陡然收回，看上去像一粒粒饱满的南瓜子儿，带着盎然的喜气。那些嫩绿虽被利索地涂出，却有着微妙的深浅变化。中间隐约呈"Y"型的粗壮深棕树干露出强劲的根须。后面不远处，是一道呈大波形起伏的双杠白色栏杆。栏杆外边远处，是浅绿的小小山丘。树根附近立着一排茂密的青草。展板左右两边是一圈淡淡的咖啡色，一直绕到栏杆下边。整个画面的构图干净利索，带着天然稚气。立蕙笑起来，说："好漂亮的一棵树啊！比我想象的好多了！"智健朝珑珑抬抬下巴："我没说错吧，妈咪会喜欢的！"珑珑憨厚地朝立蕙笑起来，露出一口孔雀蓝色调的牙箍，很有点超现实。

"嗯，它现在还只是一棵树，但马上就要成为我们的家庭树了！"珑珑说着，从展板底下抽出一个透明塑胶大文件袋，往地毯上一倒，滚出一小瓶透明胶水，几只彩色水笔，一沓纸片。"闭上眼睛！"他兴奋地叫，伸出手来捂住立蕙的眼睛。

立蕙闭上眼睛，屏住气。只听得几声"啪，啪，啪"的轻响，再一看，那棵苗壮树上已经跳出几只浓艳的果实。她凑上前去，看到在茂盛的树叶丛中，一左一右对称的树干上，端正地贴了两张 4×6 英寸的彩色照片，分别是智健和立蕙父母的合影。两对四位老人的性格，在这两张照片里表现得相当突出。她想这该是智健帮着从相册里仔细挑选出来的。智健那曾为矿冶专家的父母，当年双双留学莫斯科大学。在照片中，智健父亲穿着蓝白大格子的衬衫，戴着太阳镜的母亲穿着红白细格、领口带着白色小卷边的衬衫，一前一后相拥而立，带着中国同龄人少有的开朗和亲密。他们在镜头前几乎是在大笑，引得立蕙想起智健母亲拉着手风琴，智健父亲刹不住车高歌苏联歌曲的情形，不禁微笑。这照片是那年夏天在优胜美地国家公园拍的，背景里的半圆石峰清晰可辨。如今两老常住广州天河，年近八十还经常四海神游。

立蕙父母的照片则是在大峡谷拍的。立蕙的父亲戴着一顶棒球帽，深色的衬衫，神情安详。立蕙母亲淡淡地笑着。两位头发花白的老人比肩而立，看上去不特别亲密却默契相依。立蕙年逾八旬的父亲如今已基本失忆。多年来，立蕙一直在劝说母亲携父亲移民来美，以便自己可以分担母亲的重负。母亲却从不松口，和住家保姆一块儿在广州家里照顾着立蕙父亲。立蕙明白这是母亲怕连累女儿全家，只得隔洋牵挂。她近年来只要有假，就直奔广州探望。此时再看到自己父母十年前的照片，立蕙感到有些陌生。她凑近去看父亲的眼睛。那是认得她的眼神，里面有着他们父女彼此能懂的深意。如今他已经认不得立蕙了。他都握着她的手反复说，他有个很优秀的宝贝女儿，长大后去了很远的地方，他非常想念她。每到这时，立蕙就会将手安静地搁到父亲的手里，听他唠叨。偶尔不甘地说，我就是你女儿啊！父亲会天真地笑起来，说，我女儿叫立蕙，比你要漂亮些。想到这些，立蕙将右手食指和中指并拢，伸过去在照片中父亲的脸上轻轻划过。竟觉到指尖有点热，赶紧缩回。

　　树干的中央，在比父母们的照片稍低些的位置上，端正地贴着立蕙和智健的合影。那是硅谷全盛时期，他们在当时智健供职的国家半导体公司的圣诞派对上拍的合影。照片中的立蕙一袭深紫色正式晚装，胸前装饰的珠片在镁光灯下闪闪发亮，肩上一条浅紫色调的薄羊绒披巾，头发用发胶牢牢地固定了。立蕙这时好像才想起来，自己那时还留着长发。一双同色调的长坠耳环，让当年格外瘦削的立蕙看上去下巴更尖了。她的眉眼都认真描过，再着了彩影，让眼神显出些许雾气。抹着深紫红唇膏的嘴角轻抿，令一脸矜持的笑意带上了隐约的幽怨。一脸阳光的智健着深色洋装，打一条花色活泼的领带，体贴地微斜了身子靠向立蕙，由衷地笑着迎向快门。他们坐在一张铺着大红桌布的餐台前，面前盛着红酒的高脚酒杯晶莹清亮，雪白的盘盏刀叉在圣诞红和蜡烛的陪衬下，繁华美丽。立蕙喜欢这张照片，那是她做母亲前的最后一个圣诞，也是硅谷互联网泡沫破灭前的最后一个圣诞。

立蕙顺着大树的枝干看向树根底部，发现那些苗壮挺拔的青草现在被牵着一匹小马的珑珑遮掉了大半。照片中的珑珑身穿牛仔服，颈上围着大红白碎花的三角布巾，配着头上黑色的牛仔帽，看上去神气活现。立蕙一边寻着说词要表扬珑珑，一边快速地上下看了看眼前这棵大树，往后偏开身子，明显感觉到叶干间果实的稀零冷清，脱口而出的竟是自语般的轻问："就这些了吗？"

"是啊，如果我是爹地那就不一样了！他有四个兄弟姐妹呢！"珑珑乖巧地接上一句。没等立蕙张口，他又说："我们班上的同学，总有一两个兄弟姐妹可以充充数的，很多还地上坐一溜呢。""那有啥？"智健打断他，"我们公司里的阿拉伯同事，家里十几二十个兄弟姐妹的大把；越南同事家里也是，十个八个兄弟姐妹的不在少数。你若嫌少，那将你跟靓妹的照片贴上去？"——靓妹是珑珑心爱的猫咪的名字。"爹地！这又不是汽车的后车窗，你爱画啥就画啥。这是家庭树！是严肃的事情！"珑珑扭着脑袋，对着智健嗲怪起来。

"哈哈，逗你的。"智健说着，搂了搂珑珑的肩。珑珑笑起来，抽出一支彩笔，趴上前去，在自己的照片下飞快地写下英文全名：
Longlong Fu，DOB（生日缩写）：09-24-
00。他毫无停顿地又在立蕙和智健的照片下写
出：Lihui & Zhijian Fu。看着自己的名字被
珑珑如此轻松地写下，立蕙有些回不过神来。
她喜欢护照上自己的全名：Lihui Yan Fu。和
智健在美国登记结婚时，立蕙选择了入乡随俗，
改随夫姓。"傅严立蕙"这四个字，将她的来
龙去脉表达得如此精准：严家的女儿，傅家的
媳妇。现在看到自己的本姓被珑珑轻巧地抽去，
立蕙心下生出些微的不适。虽然在日常里，几
乎所有人的中间名字都会被省略，但这个夜里，
看到自己被这样挂到家庭树上，一种来路不明
的感觉，仿若一根小小的刺，从指甲尖轻轻刺入。

"妈咪！"珑珑轻叫着，推了立蕙一下。
他握着笔，有点犹豫地说："祖父母们……？"
智健在一旁点头笑说："你写，你是中文学校
五年级学生啊，拼音比赛还拿奖的，肯定行。
奶奶徐丽文，爷爷傅奇章。"珑珑果然就有些
犹豫，扯过一张纸，在上面将拼音写出，递给

智健。立蕙凑近去看，发现他还是在"Q"之后加了"U"——这是将英文拼写的硬道理又套到拼音里来了。再一看，他还将奶奶的"Xu"姓写成了"Su"。立蕙微笑着帮他改正，再由他誊到祖父母的照片下。"妈咪，外公外婆的名字你就帮我写了吧。"珑珑叫着。立蕙不响，从他手里接过笔，弯下腰趴近纸板，写下父母名字"严明全、刘洁清"的拼音，朝珑珑说："看到吗？这里面有两处'Q'，外公的'全'，'Q'后面要跟'U'的。""我知道了。"珑珑打断她。立蕙直起腰来，轻轻搂了搂珑珑的肩，忽然听得珑珑问："在中国，人们结婚了，妻子是不改随夫姓的，对吧？"立蕙说："嗯，如今的中国是这样的。""那你原来是姓，嗯，那你原来姓燕，很好听！"珑珑得意地点点头。"是严，第二声！"智健纠正他。珑珑将笔搁下，说："可惜找不到严家和傅家曾祖辈的照片了，要不我们的家庭树可以多一层果实。"没等立蕙和智健反应过来，珑珑又问："哦，你们见过你们的祖父母吗？"立蕙和智健对视一眼。

智健说：“我见过我的爷爷奶奶和外婆，外公去世早，没见过。可惜我没有他们的合影。”立蕙顺着轻声应道：“我也没有。”珑珑耸耸肩，说：“移民家庭都这样，没关系的。从这棵树已经可以清楚地看出我们的血液是如何汇流的。”立蕙心下一声“咯噔”，赶紧说：“做得真好！祝贺你了，折起来收好了，早点睡觉去吧。”她边说边起身离去。“珑珑你听见了吗？明天要早起上学呢！”智健的声音在身后轻淡地停在最后一个字时，立蕙已经坐到了书房的转椅上。

她没开灯，眼前却立着那棵嫩绿的家庭树，枝繁叶茂却果实零星。如果不是珑珑最后那句话，她都不曾面对过这样一幅清晰的家庭图谱：树上的每一位长辈，都是流向珑珑血液管道上的阀门。这个意象让她不安。她知道，智健也明白，珑珑画出的那条渠道，实际是流不通的。

从窗外和过道上折进的微光在宽大的空间里叠交着，勾出墙边书柜模糊的边界，将它变出虚幻的高大。立蕙转过身，面对着沿墙而立的那排书柜。她愿意告诉珑珑，她是见过祖母的。

　　她记不清祖母的脸相了，却记得那上面密密麻麻的皱纹。稀疏雪白的头发在脑后结实地扎成一个小小的髻，总是穿着盘扣简约的深色中式布衫，冬厚夏薄。瘦小单薄的身子因着一双小脚，总是颤颤巍巍。那是立蕙见过的唯一小脚女子。老人那时只是锦茗、锦芯兄妹的奶奶。立蕙听大人们说过，别看这老太太如今低眉顺目的，旧时可是桂林城里大药堂主家里管事的少奶奶。立蕙有时去找同学，走过锦芯他们在院里西区的宿舍楼，看到老太太就赶紧远远绕开。她相信这穿着怪异的小脚老太当年就是《白毛女》里黄世仁母亲的样子，动不动拔出脑后的发钗给人戳上一下。立蕙偶尔听那奶奶开口说话，是她完全听不懂的客家口音。

　　锦芯的奶奶活到九十五岁高龄，寿终正寝——是寒露天里在睡梦中离世的，走得很安详——这个消息是立蕙生物学意义上的父亲——中国人说的生父，在她十九岁那年不远千里寻来，在广州暨南大学的校园里告诉她的。

立蕙那时已是暨南大学物理系二年级学生。她十二岁那年随父母离开南宁，来到广州后，就再也没见过这位她称为"何叔叔"的男人。他一度曾是她眼中心里巨大的问号。

她在去食堂吃午餐的路上被何叔叔拦下。何叔叔的到来，将那个几乎要被她遗忘的问号，突然戳到眼前。那个问号在她十一岁那年平地而起：她发现自己确实和他长得太像了，比锦芯和锦茗都更像他的孩子。他真是她的爸爸吗？是吗？

这个问号在她刚满十一岁的初夏从天而降——立蕙在南宁西郊农科院小卖部的台阶下被几个男孩围住。其中两个大点儿的男孩上前拉住她。他们嬉笑着问：小靓女，快点讲，你爸是谁？立蕙扭着身子试图挣脱他们的手臂，却被他们扯紧了脑后的小辫，疼得她尖细的声音带上了哭腔："我爸是严明全。"她的应答引来一片哄笑，连台阶尽头黑洞洞的小卖部里的大人们也跟着笑了起来。她惊异地睁着双眼，再说了一遍："我爸是辐射育种室的严明全。"

笑声忽然稀疏了。大男孩们松开她的辫子，还不肯放开她的手臂，低声说："说你爸是何骏，叫何骏！"立蕙惊异地张大眼睛，抬头看着他们。其中的一个男孩用力捏了一把她的手臂。立蕙不依，他们来夺她手里的酱油瓶子，一边表情诡异地说："你姐也在打酱油呢，你们家要喝多少酱油？"店里又传来人们的哄笑。立蕙握牢手里的酱油瓶，低了身子忍着不作声。这时，她感到本来钳制着她一双细臂的手松开了。顺着男孩们的目光朝台阶上端看去，个子高出立蕙大半个头的锦芯，双手握一只装满酱油的瓶子，站在五六级台阶上的小卖部门口，安静地盯着立蕙身后的两个大男孩。

锦芯那时已是南宁二中初二年级学生。如果不是周末，已经很难在农科院里见到她了。五岁就能穿解放鞋顶脚尖跳小白毛女，过去一直在学校文艺宣传队当台柱子，还到市业余体校练过体操的锦芯，去年在文革后市里举行的第一届中学生作文比赛中拿下初中组第一名，同时获化学竞赛二等奖。在市中心朝阳广场召开的颁奖大会上，锦芯作为获奖者代表，在几千人面前从容地念完了演讲稿——那时还不叫获奖感言，又到电台录了音。她那凭语文功底说出的普通话听起来中规中矩。农作物栽培专家何骏家那自幼漂亮出众的女儿，果然像小报上形容影星歌星说的那样：华丽转身，成了农科院和西郊片，甚至市里中学生眼里品学兼优的明星学生。就是从小一起长大的孩子们，再谈到她的种种旧事，都有了点对证传奇的意思了。连大人们提起她来，表情也相当复杂。

立蕙没想到，锦芯开口说的竟是："你们再要贱，小心我砸烂你们的狗头！"锦芯声音不高，但很冷，南地罕见的字正腔圆的普通话，带出不动声色的坚硬。男孩们应声四散，这也是立蕙不曾预料的。后来她想，这些捣蛋鬼若不以此极端的方式引起锦芯的注意，锦芯怕是不会正眼看他们一下。

店里也没了声响。立蕙和锦芯分别立在台阶的上下端，互相对看着。锦芯的肤色很白，抽条了的身形更加修长。上身是白底粉红细密

小格子图案的套头短袖衫，领口和袖边都镶着
白色的荷叶边，下身是一条短短的白色 A 字布
裙，脚上穿一双平底白凉鞋，看上去活泼又雅致。
长长的头发在脑后扎把高高的马尾，额头光洁
阔长。那种南方不常见的鹅蛋脸形上，五官的
线条非常清晰。浅瑰红的嘴唇线条却又非常南
方的饱满。早年这大概是她的弱项，如今时尚
一变，它又成了最时尚的样式。

　　店门前高大桉树的浓密枝叶倒映在锦芯的
脸上，让她一双圆黑的大眼显得深不可测。立
蕙想象自己握着空空的酱油瓶，头上刚被扯乱
的两条小辫，脚下一双人字拖鞋的样子在锦芯
眼里会有多么不堪！她拘谨得并拢了双腿，在
台阶下迎着锦芯对自己的专注俯视。锦芯过去
在子弟学校里只跟宣传队里那些眼睛长在头顶
的小靓女们玩。她们非常抱团，一起早起压腿
练功，下午一起排练，夜里不时跟着院里大人
们的宣传队坐车去四处演出，生活在自己的小
王国里。立蕙这样安静羞怯的女孩，哪里进得
了锦芯的视界。锦芯转型成了学习尖子后，不

久就考到重点中学南宁二中去了。她哪里有过机会跟锦芯如此近距离接触。在立蕙的眼里，锦芯提着一瓶满满的酱油的姿态，竟是那样高不可攀！她心里感激锦芯肯为自己喝走那些男孩，却说不出话来。

锦芯盯着立蕙看了一会儿，然后转身急步走下台阶，头也不回就离开了。立蕙看着锦芯越走越急的身影，有点回不过神来，待走上台阶再一次回头望去，看到已拐到池塘边小道上的锦芯小跑起来。十岁的立蕙忽然意识到，那肯定跟他们说的"说你爸是何骏，叫何骏"大有关系。难道那何骏说的就是锦芯爸爸吗？

立蕙在午餐时分将这件事告诉了母亲。年近四十的母亲是院里微生物实验室的副主任，中等个子，眉眼不很突出，看上去却带着让人心定的机灵气，说话做事眼到手到。母亲业余爱好裁剪车缝，在院里是出了名的，常有同事朋友送来的布料堆在家里那台蜜蜂牌缝纫机上，排着队等她帮着缝制成衣。母亲身上总是穿着自己亲手缝制的衣裳，腰总是收得很妥帖，让她丰腴的身形看上去玲珑有致。立蕙特别喜欢被母亲轻轻搂住时那种松软温热的感觉。母亲那时也赶时髦烫了个短发，每天夜里都小心用发卷卷好，早晨再在额前脑后吹出几个大波浪。

刚从微生物实验室里回来的母亲本来在喝粥，听立蕙一说，碗搁在嘴边，好一会儿都没有动作。他们是什么意思？立蕙追上一句。母亲将碗放下，说："那些调皮捣蛋的小鬼，你管他们说什么！"母亲说着，侧过身子来帮她整理凌乱的头发，一边说："你都十一岁了，好好一个眉清目秀的妹仔，不要头发乱糟糟就到外乱跑。"立蕙咕哝着说："是他们扯乱的。"随即低了头由着母亲帮她整理。母亲的手停下来，声音有些尖起来，问："他们动手了？都是哪家的鬼崽？"立蕙还在自己的圈子里绕不出来，没答母亲的话，又问："为什么他们说我爸爸是何骏，又说锦芯是我姐姐？"母亲问："锦芯好大了吧？"立蕙说："是啊，她好好看噢，更好看了。"立蕙一个短暂的停顿，问："她爸爸是叫何骏吗？"母亲的脸色立刻就暗了，轻声说："是啊！"随即站起身，收拾起盘碗。
立蕙看着母亲，又说："我觉得锦芯都给气哭
了。"母亲盯了她一眼，眼神有些游离，没有
说话，转身出了门。

立蕙家住在一里一外两间直套的宿舍楼里，
用厨房和卫生间要走出门，走到走廊的对面去。
那是 20 世纪 70 年代这里最流行的户型。长长
的走廊是公用的，邻里们出出入入烧饭做菜洗
衣刷碗都会在走廊上碰着，非常热闹。立蕙住
在外间，家里的小饭桌就搁在靠走廊的窗子下，
父母住在稍大的里间，那里出去有个小小的阳
台。他们住在五楼，从阳台看出去，近处是农
科院大片的果园，再远处是实验田，种满稻子
和甘蔗之类，还能看到鱼塘。院里的办公楼、
实验楼夹在深浅不一的绿色中，还能看到南宁
西郊连片的丘陵山脉。

立蕙出门上卫生间回来时，探头看到母亲
在里间床上起伏急切的背影。母亲脑后的大波
浪完全塌落了，像卷在淡蓝色枕巾上的一团墨。
立蕙赶紧缩回脑袋。母亲哭了。她在自己小床

的竹席上翻来侧去，难过地想，有点后悔跟母亲提起那些孩子间的小事。却又有些不明白，这小小的事情怎么会让锦芯好像也哭了？

午睡起来时，母亲将她唤进里屋，看着她的眼睛说："答应妈妈，你中午讲的那些事情，不要在爸爸面前提起。"见立蕙不响，母亲蹲下来，立蕙看清楚了母亲微微肿起的眼睛，身子就有些僵住。母亲抓牢她的双臂，再一次说："你听见了吗？今天在小卖部发生的事情，不要跟你爸讲。"立蕙嗫嚅着："我不讲，我不会讲。"见母亲的手松脱了，她忍不住小声问："为什么不能讲？"母亲站起身来，想了想，说："你觉得你爸他听了会高兴吗？"立蕙赶紧摇头。母亲伸过手来，轻轻抚过她的下巴，说："他会很难过的。"立蕙看到了母亲眼角新鲜红艳的血丝，明白了事态的严重。虽然她被男孩子欺负了，心里也难过，但她不明白为什么这件事会让母亲和锦芯都那么难过。母亲还这么肯定它也会让爸爸很难过。"你不愿意让你爸难过的，对吧？"立蕙点头。母亲搂住她的肩，柔声说："真是妈妈的乖女。"

　　在院里大路上再见到锦芯的爸爸何叔叔，立蕙有了心慌的感觉。她发现自己确实跟这位何叔叔长得很像，甚至太像了，比锦芯和她的哥哥锦茗都更像是何叔叔的孩子。她自己那小巧的鼻头，笑起来猫咪一样乖巧上翘的细长眼形，直接就是何叔叔的翻版，让她只要想到他，连笑容都要敛住。锦芯的眉毛是神气扬起的，而她自己的，跟何叔叔一样，是很少见的那种弯形的。还有自己偏深的肤色，甚至走路时偏碎的步态，都跟何叔叔极像。这个发现让立蕙非常紧张，再远远看到何叔叔骑着车子过来，她若是自己一人时，就赶紧闪躲到树下或冬青后面藏起来。若和小伙伴们一块儿，她就急忙钻到她们中间。但她有时又忍不住要远远地偷看何叔叔。看着看着，就有点儿恍惚起来，依稀想起很小的时候，好像曾由母亲领着，在果园深处的沟渠边和何叔叔领来的锦芯玩过，她甚至想起锦芯穿的是一双橘黄的雨鞋，但那天却像是晴天。立蕙不敢肯定那是记忆还是幻想，心下就更害怕了。

不久，立蕙在广西话剧团恢复排演的话剧《雷雨》和同学中传借的小说《红与黑》里，知道了"私生子"这个词。在一知半解的朦胧间，立蕙对母亲那天中午泪水里的深意生出猜疑，她不敢往深里想，整个人好像一下就闷掉了。再走出家门去，见人就想躲闪，下学后也总是快快回家，不再到处找同学疯玩。

到了这时，立蕙开始听到母亲在家里频繁地跟父亲提说调动的事情。母亲给邻近的广东省里各处同学发了很多信，寻求接收单位。那时已经是1977年，报纸和电视上、广播及收音机里到处在讲十年浩劫过去了，百废待兴，前途一片大好，生活有无穷的可能。具体到家里，就是父母也起念想要调往已经非常开放热闹的广州去。

立蕙的母亲在"大跃进"年代戴着大红花，被敲锣打鼓欢送去广州的华南农学院读书，毕业后又分回家乡广西。到农科院工作后，碰到了年长她十岁的立蕙的父亲。父亲是母亲华南农学院的学长、马来西亚归侨。父亲后来告诉立蕙，新中国成立初期，东南亚的华侨听说故乡人人都将分得土地，很多家庭急忙将孩子送回国来，以期能在故乡拥有片土，以便将来叶落归根。立蕙父亲是吉隆坡华人小商家的长子，中学毕业后就在家里的小杂货铺帮工，被父母挑出送回故乡广东开平接受传说中将到手的土地。没想到船一靠岸，就被政府送往华侨补习学校，第二年作为侨生参加考试，送入大学学习，毕业后分配到广西。

这对年纪相差不小的校友在农科院一见如故，很快就恋爱成婚，却在婚后多年才生下立蕙这个唯一的孩子。立蕙成了那个年代罕见的独生子女。大家说起"含在口里怕化了，捧在手心怕飞了"，都会说："那就是说的严老师家的蕙蕙了。"立蕙从小到大，每天早上都由父亲或母亲亲自送到教室门口。更出名的是，每逢突降暴雨的天气，整个学校几乎只有立蕙是由爸爸打了伞亲自来接。接到了，一定是披好雨衣，由父亲背到背上，涉水而去。如果父亲出差了，必有母亲来接。而别家的孩子若不愿冒雨离去的话，放了学也得在教室里耗到天放晴了才能回家。

广州的老同学们很快传来消息，说本市的仲恺农校因有升格成为本科院校的计划，眼下正在大规模招兵买马。立蕙的父母就开始定向联系。他们借着出差开会，分别跑了几趟广州。来来去去的，到了立蕙将满十二岁那年的暑假，终于办通了调往广州所需的各项手续，立刻着手打包搬迁。这个调动消息似乎让院里的同事们感到非常意外，来送行的人们都说："你们夫妇都是各自专业里的科研骨干，又双双破格提了副高职称，在这里样样得心应手，出差开会也是想去哪儿都可以，广州虽然好，但毕竟去的是个中等专科农校，多少屈才了。"立蕙母亲淡淡笑了说："小孩大了，广州那样的大城市，对她的未来发展会比较好。"大家转眼去看立蕙，忽然就不吱声了。

立蕙心下是不大愿意走的。她和同学们从小就在院里的托儿所、幼儿园同班，一路到附小，将来到附中都会是同学。她如今虽然跟她们玩得越来越少了，可毕竟样样都是熟悉的，这一下去得那么远，完全陌生的环境，心里很是害怕。可是这哪里由得了她，连父亲都做不了主。何况母亲说了，那是为了她的未来。再说，她就要去一个没有何叔叔、没有锦芯他们的城市了，这让她有些高兴起来。

离开南宁那天，家里全部腾空了。立蕙母亲去总务处办最后的手续，留下父亲带着立蕙在空荡荡的房里做最后打扫。他们将剩下的杂物倒掉后，父女坐到阳台上休息。立蕙一杯水还没喝完，就看到母亲戴着草帽的身影远远地从芒果树交蔽的马路上冒出，时隐时现，慢慢移近。穿着背心，拿着毛巾在擦汗的父亲几乎同时看到了母亲。他叹了一口很长的气。立蕙不知为什么，突然感到心里很难过，一下就哭了起来，说："爸爸，我好怕，我不想去广州！"爸爸蹲下来。她看到了他浓黑的眉毛下，那双黝黑的眼睛里闪烁的泪光。爸爸握住她的手臂，轻轻摇了摇，说："爸爸也不想去，但爸爸是很爱你的。"她看到爸爸侧过头去取下眼镜，揩了揩眼睛。她上前抱住他的腰哭出了声。她一直都知道爸爸是爱她的，却在很久很久之后，才明白那天话里的意思是什么。

在何叔叔寻到暨大校园里的那个早春，十九岁的立蕙已经明白，何叔叔不仅仅是锦芯的爸爸，这让她对父母当年将她带到广州来的决定生出前所未有的感激。她在这个庞杂浩大的城市里无声无息地安全生长。广州跟南宁一样，到处可见芒果树和冬青墙，不同的是，这里再没有人让她撞到时要躲到它们的阴影里。好长时间，她为了这样美好的解脱，总是忍不住要去扯几张芒果树的叶子。那断枝处流出的黏浆在她的指尖拉扯出细细几条长丝，确认了那解脱带来的欢喜。立蕙升学时，考进全省重点中学华南师大附中当住校生，只有在周末才坐车回到珠江南岸的家中，连邻居都不认识。用了一两年的工夫，她在学校里有了新的朋友圈。

何叔叔在1986年初夏的广州突然出现。

立蕙像广州城里的年轻女孩那样，穿着高第街上买来的港澳风情的亮闪闪的套裙，一口广州口音的粤语，完全甩脱了南宁白话那些粗咧的尾音。她像身边的同龄人一样，在蒙蒙的清晨早起背英文单词，心下已确认自己的未来是在大洋彼岸。何叔叔等在她去往食堂的道上，由着同学将她领到自己面前。他穿着一件半旧的白色的确良短袖衬衫，里面的背心清晰可见。一条灰色的确良长裤，手里拎着一只黑色人造革提包，脚下是双深棕色的泡沫塑胶凉鞋。在这个男士流行穿各式花哨衬衫、时髦 T 恤的城市，何叔叔的这身打扮，就像出入城里火车站的那些来广州淘金的外地人。他看上去比过去略胖了些，头发明显花白了，胡子剃得很干净，但看得出那些微微露出的末梢已染白，腰板也不像过去那样挺拔。立蕙觉到些许心酸。她在正午的阳光下靠近了看他，心下一阵惊慌。开始变老的何叔叔，四下豁开的边，让真相的核心显现：她是越来越像他了。立蕙扯紧了书包带子，双脚并拢。她觉得她随时都可能哭出来，赶紧咬紧嘴唇,整个心思都在对付胸腔里那缓慢上涌的酸楚。

何叔叔说的第一句话是:"你都长这么大了?"立蕙直直地看着他,微微挪了挪脚。"你还认识我吧?"她没响。何叔叔很轻地叹口气,说:"我是锦芯的爸爸。我出差来暨大开会,听说你在这里上学,锦芯让我来看看你。"十九岁的大二女生立蕙听懂了这里面的逻辑。那心酸已经到了喉管里。她轻声回着:"谢谢你们。"何叔叔接着说:"变化太大了,你看,锦芯的奶奶都去世了。"立蕙"哦"了一声,她觉得她该安慰他,却不知说什么。何叔叔低下头,从包里掏出个牛皮纸袋,打开从里面拿出的灰白格子相间的手帕。立蕙看到一只玉镯被递到眼前。她下意识地将双手背到身后。何叔叔将手镯递得更近了,温和地说:"这是锦芯奶奶留下的。何叔叔这么远来看你,没有什么可以送给你,做个纪念吧!"

立蕙刚伸出手,又立刻缩回来,嗫嚅着:"这太贵重了,留给锦芯吧。"何叔叔一把握住她的手，这个动作非常突然，立蕙下意识地有点儿抵触。何叔叔点点头，示意她放松。立蕙的手掌摊平了。何叔叔将那玉镯放到她手中，又将她的五指推回，让那玉镯留在立蕙的手心里，说："锦芯也有。"立蕙一愣，想问那是不是一对，却没敢开口，只将手心打开，移近了看。那是一只蛋清白的玉镯。她不识玉，只是看到这手镯是那样通透晶莹，上面还有细微的刻案，心下生出欢喜。

何叔叔将手帕卷起来，舒了口气，说："听说你读的是物理。好能干啊，女孩子学这个不容易。锦芯北大化学系一毕业，就到美国读研究生去了。锦茗比锦芯去得更早。你们赶上了好时代啊！"立蕙感到那玉镯在手中的坚硬，点点头，说："好多年没见过锦芯了，她都去美国了？"立蕙想起那个夏天，锦芯转身跑远的背景，心里为锦芯感到高兴。何叔叔微笑了说："你好好读书，将来也去美国深造，去看看外面的世界。"立蕙点点头。何叔叔就说："那我走了。"他却没有动。立蕙将手镯小心地放进书包里，说："谢谢何叔叔。"何叔叔转身走出两步，又转回头。立蕙看到他眼睛微微眯起来，喉结在动。少顷，何叔叔说："你不用跟你爸妈讲在学校里碰到我。"立蕙点头，眼泪上来了，她赶紧低下头，装着是在整理书包带。再一抬头，看到何叔叔已经拐到通往校门的道上。立蕙望着他洁白的身影在绿出墨色的冬青树前停下来，回过头来看向自己。他也许是见立蕙还没离开，抬起手来，手背朝向立蕙摆了几下，示意她离去。一下，两下，到了第三下，何叔叔的手心翻过来朝向她，高高举起来摆了摆，那就是再见了。立蕙立在那里，远远地看着何叔叔掉过头去，步子大起来，那抹纯白很快融进广州夏日正午赤白的天色里，无影无踪。待立蕙从食堂的碗架上取下自己的碗时，才想起，应该留何叔叔吃午饭的。立蕙下意识地走到食堂的大窗口下往学校南门方向望去，午饭时分的校园人来人往。何叔叔的出现像是个梦境，让立蕙恍惚起来。她反手去摸身后的书包，触到边袋里那个坚硬的圆形。

　　现在那只玉镯就躺在书柜下部第三格的抽屉里。这么多年来，她从没向父母提起过何叔叔曾到暨大看她的事情，更没有将这只手镯给他们看过。她一路万水千山走来，只将它小心地带在身边。她和何叔叔再也没有联系。立蕙是爱她的父亲的。她很害怕会有外力，将自己和父母一起组成的三人小家的温暖平衡打破。随着年龄的增长，她越发感激何叔叔以刻意的缺席给她带来的安全感。

　　立蕙起身，蹲到书柜前，拉开抽屉，忽然听到智健的声音在身后响起："怎么不开灯？"她停下来，转过头，看见智健走进书房，侧身向前拧亮了书桌上的灯。"珑珑睡去了。"智健说。立蕙不动声色地将抽屉推上。智健盯那抽屉一眼，目光又落到她的脸上，轻声说："珑珑那棵树让你不开心了吗？"

　　立蕙坐到地毯上，抬头看向智健。智健双臂交错着抱在胸前，黑色的圆领 T 恤让他显得更加高大。这个当年华南理工学院男排的主攻手，是在圣地亚哥加大的校园里和立蕙相遇的。

半导体物理专业博士生立蕙到电机系修大规模集成电路原理，认识了在电机系读博的智健。同期广州高校的经历，让两人生出他乡遇故知的亲切感。两人当时都刚结束了大学里的初恋，处于真空期，很快就出双入对。在学校近旁的拉霍亚海滩上，立蕙身世的秘密在智健向她求爱的夜里被全盘端出。说到何叔叔在她成年之后唯一的一次出现时，她听到自己悠长的呜咽，在智健胸口长久地轰鸣着。智健将她搂得很紧很紧。她转头看到潮水漫上来，在月光下漫过礁石，耳边响起智健的话："好啦好啦，现在你的生活里有我了。"

　　和大部分中国同学不同的是，立蕙和智健在搬到一起之前，先去正式登记结婚。立蕙入乡随俗地在自己的名字前冠上了智健的姓，心里觉到奇妙的安然。两人随后双双读下博士。智健先在硅谷找到工作，立蕙去马里兰大学做了两年博士后，才来到硅谷和智健团聚，安下家来。他们在结婚六年后，才迎来了珑珑。在他们婚后的生活中，何叔叔再不被提起，任何可能通向那个核心的话题，都会被智健转开。立蕙有时甚至会想，智健是不是已经将她生活里的那一道折线忘记了？

　　"你想起他们了，是吗？"智健又问了一句，没等她回答，他又说，"你知道我看着珑珑，常会想到什么吗？"立蕙摇摇脑袋，瞪大眼睛等他的话。"我常会想，那个何叔叔会怎么挂念你。那种感情，到成为父亲之后，我才能有感同身受的体会。如果他不知道你的存在，如果他没有到学校看过你……""不要再讲下去了。"立蕙打断他。这么多年，他从来不曾再跟她提过她倒在他心里的那些秘密，这时突然这样说出来，让立蕙很是意外。"连你都会'常想'……"立蕙停在这里。智健蹲下身来，将手搭到她肩上，说："我的意思是，如果你挂念他，你该去找找的。如今父母们年纪都大了，你看，你爸爸都再也不能来了。"立蕙盯着智健，自语般地说："你真的觉得我该去找他们吗？"智健凑近了些，看着她的眼睛，说："如果你心里想的话，那就应该找。到我们这个年

纪,看顾自己内心其实是人生最重要的事情,
对吧?"立蕙轻轻地拥住智健,没有再多话。

立蕙那天夜里无法睡安稳。她的脑袋里并
没有清楚的影像,却有不停飘闪的白色光芒。
就算将双眼闭紧,那些光标也一刻不停地穿梭
往来。智健的话音如此清晰,粘着飞镖在她耳
中乱窜。立蕙再也躺不住,悄悄地披衣下到一
楼书房,抬眼看钟,已过了凌晨3点。

距何叔叔到暨大交给她那只锦芯奶奶手镯
的 1986 年初夏,已过去了二十五年。母亲的
家乡在桂林。立蕙从十一岁起离开后,就再也
没回过南宁。跟小时同学的通信,也在准备参
加高考之前就断了。唯有一次,在母亲来美探
亲时,她听母亲提到过去农科院的好些子弟也
来了美国。母亲说出那些孩子的名字,立蕙有
些知道,有些有模糊的印象,更多是完全不认
识的。母亲说了一圈下来,就是没有提到锦茗
和锦芯兄妹。立蕙想了想,便做出很随意的样子,
对母亲说:"听讲那个能干漂亮的锦芯早在
八五年就到了美国呢。"母亲几乎没有任何犹豫,

马上说："那个妹仔很厉害的，真可以讲是才貌双全啊！听说在伯克利加大读了化学博士，发表过好多论文，还有专利发明，好像就在旧金山湾区一家很大的制药公司当高管呢。"立蕙没有接母亲的话，她不愿意知道，母亲是从哪儿"听说"的。她想起来，何叔叔那次到暨大，他也是由着"听说"寻来的。

锦芯既然发表过学术论文，还有专利，那么她的信息一定能在网上查到。立蕙打开电脑，将"锦芯何""伯克利加大"这几个关键词打入 Google，满屏的条目跳了出来，果然发现有位"锦芯"在化学、制药学术刊物上发表了不少论文。立蕙想，就是她了。立蕙快速往下拉着鼠标，很快寻到了锦芯的最新信息：锦芯目前在位于南旧金山市的大型上市生物制药公司"海湾药业"任中心实验室主任。立蕙小心抄下了海湾药业公司的电话号码和电子邮箱。

立蕙在第二天下午，从自己的办公室给锦芯公司打电话。电话开始振铃时，她感到手心有些发黏。立蕙迎着光抬起手，好像看到在广州的路旁扯下芒果树叶时被流浆绕上指尖的丝丝缕缕；再一眨眼，她看到锦芯双手捧着一只酱油瓶，在高高的台阶上盯向自己脸上的那冷峻目光。隔了这么多年，她终于可能有机会去问问锦芯，她那天是不是哭了。可响到第五声，还是无人接听。留言机响了，立蕙立刻按下"0"，电话转到公司总机前台。接线员是个男的，问过下午好后，立蕙告诉他，她找何锦芯博士，可对方的电话无人接听。接线员马上说："哦，出于培训的原因，我们下面的对话将会被录音。"立蕙有些吃惊地问："哦？什么培训？"接线员耐心地说："顾客满意度方面的培训。"这种情况在跟商业公司联络时常会碰到，但在锦芯公司的总机前台被通知要录音，立蕙觉得有点不适。在美国，未经同意录音是违法行为，偷录下来的录音材料是不能为法庭采用的，所以除警方外，录音前都会明确通知对方，要取得双方同意才能录制。立蕙想了想，说："那好吧。"接线员说："谢谢你的合作，我能帮你什么？""我想请你转告何博士，我是她失去联系多年的……"她停了一下，说，"我是她失去联系多年的亲戚，请她方便时一定跟我联系。"接线员热情地说："没问题。能不能请你留下你的姓名、地址和联络方式呢？"立蕙留下了自己的姓名和手机号码，让接线员转告锦芯。

在立蕙打去电话的第二天早晨，手机里跳出一个陌生的号码，区域号是 650，立蕙知道那是旧金山湾区中半岛上从山景城到南旧金山一带的城镇。她的心急跳起来，摁下接听键。

"喂，喂，请问是立蕙吗？我是叶阿姨。"立蕙犹豫着，想不起叶阿姨是谁。那声音又说："我是何伯母。"一个停顿，立蕙听到呼呼的风声。她没回过神来，又听到一句："我是何锦芯的妈妈。"——非常安静的女声，北方口音的国语。立蕙回过头，看到记忆的池塘里急速地蹿出一条高高的水柱。

"噢，我是立蕙。何伯母，你好！"立蕙轻声应着，看到那水柱应声倒塌，在水面上飞溅出四散的水花。"锦芯她好吗？何叔叔呢，何叔叔还好吗？"她想将这最后一句说得随意轻松些，可听起来却是一字一字咚咚作响，令她的心随着那响声越抽越紧。

"等我们见面再细谈。"——叶阿姨的声音低下去。

二

立蕙抬起头，看到高高木架上盛开着各色指甲花的铁网吊篮，稀疏有致地随风微微摇摆。在加州初夏明艳的阳光下，它们横阵纵行地一路挂到露台深处，将灰蓝色的空间染出点点明艳，再映到明净的玻璃台面，变出一片柔和迷幻的彩色，让她本来忐忑的心境安静下来。

立蕙看看手表，提前了近二十分钟到达，这在她是少有的。她从公司里直接过来，因为不知道这个会面需要多长时间，下午特地告了两小时的假。

阔大的硬木露台有台阶直通海湾边浅浅的沙滩。沿着海湾微微曲折的岸线，拐过一丛高大的桉树林，有个阔大的高尔夫球场。在这工作日的近午时分，碧草如茵的球场上只有些零星人影，让四周的景致显出奇异而富足的空阔。远远的，可以看到旧金山国际机场的跑道。造型各异、大小不一的各种飞机在前方海湾水面低空掠过，它们给人的感觉是如此贴近，好像连机身上那些彩漆边界的交融都能看得清楚真切，却听不到它们的轰鸣，带出一种隐约的超现实感。另一侧，是圣马刁海湾大桥细长的身影。这条旧金山海湾里最长的桥毫无造型感，却如一条细柔的白线，将海天的混沌隔出了层次，使周围的风景生动起来。

这是叶阿姨挑选的见面地点：州立湾景公园深处安静却颇有情调的"水沿"西餐厅。立蕙在电话里听到叶阿姨这个提议时，很有些意外。她平日里跟其他华人长辈约会吃饭，他们的首选通常会是热闹的中餐馆。当然，这个公园风景自然而优美，又离繁忙的 101 号高速公路不远，出入很方便。穿过繁杂的街区，在树影剪出的天际线外，突然就是海阔天高。

　　叶阿姨如果在湾区住了很久，知道这个地方并不奇怪，但她在电话里说她要自己开车过来，着实让立蕙感到相当意外。立蕙住在南湾，只在多年前参加硅谷华人工程师联谊会的夏天烧烤活动时到过这里一次。在电话里听到公园的名字时，立蕙的视线有短暂的模糊，一片灰蓝的水雾漫过来，她看到自己赤着脚，牵着智健的手。她赶紧摇摇头，知道自己想到了圣地亚哥的拉霍亚海滩。正是在那个著名海滩上和智健一起走过无数次长路之后，她第一次将自己的身世之谜向这世上的另一人剖开，又由智健怜惜地缝合成了两人共有的秘密。

　　立蕙想象不出叶阿姨如今的样子。她其实更记不清叶阿姨当年的模样。锦芯妈妈留给立蕙的印象比锦芯奶奶淡薄得多。在锦芯母亲那天来电话之前，立蕙甚至都忘了锦芯的妈妈是叫"叶阿姨"。她模糊记得叶阿姨早年在南宁东郊长堽岭的师院教英文，每周才回到西郊的家里一趟。立蕙对叶阿姨最深的印象，是叶阿姨总是骑着一辆那年代里罕见的深黑色"蓝翎"

牌女式自行车。在立蕙的记忆里，那辆坤车很大很长，车头和手把弯弯翘起。车子是软闸的，那些包在灰色塑胶皮里的闸线穿绕在钢杆钢丝间，在车前方交错处汇出夸张的两股，然后结束在手把上。那辆车子还有个很大的黑色包链，像一把琵琶，横插在两个轮子之间。车轮转动时，轮毂里那些总是擦得锃亮的不锈钢条变动着时疏时密的银弧，让人似乎能听到那把黑琵琶的鸣响。

　　立蕙记得叶阿姨大概是因个子不高，便将座凳调得很低，看起来双臂总是曲着高高地搭在前方，那双手好像是举过了肩似的，姿势有些怪异，却让人感觉她很惬意。记忆里叶阿姨总是穿素净色的衣服，灰白蓝黑，似乎连小格子的都没有，好像有意要跟自己那辆造型特异的"蓝翎"车子浑然一体。叶阿姨还总是戴一顶锐三角形的阔大的竹斗笠。那斗笠的遮阳效果非常好，边缘齐耳的帽檐在阳光里截出一圈阔大的阴凉，将人的脸深深地藏入。它们多半是从中越边境的城镇流通过来的，很受南宁城里年轻女子喜欢。她们用艳色的宽尼龙纱做帽带，系在脖子下，很有异国风情。特别是立蕙她们所在的远郊的农科院里，女科研人员出门或下田总是戴顶软塌塌的草帽，叶阿姨的越南帽就算毫无饰物，看起来还是很特别。

立蕙记得，后来有一阵就经常能在农科院的马路上见到叶阿姨了。锦芯妈妈的自行车和越南帽的特别，让小女生们会偶尔议论起来。立蕙从她们口中得知叶阿姨调到了西郊的民族学院，好像说不教书了，只在教务处工作。小女生们又叽叽喳喳有一搭没一搭地说："锦芯的妈妈是北方人，似乎是北师大毕业的。"听家里大人说，当年抗战胜利后，还是小女孩的锦芯妈妈随在西南联大教书的父亲从云南一路出来回返北方，在桂林借读初中时遇到了锦芯的爸爸。她后来回到北方，两人一直通信。锦芯的妈妈大学毕业后，自己要求分到广西，就为了嫁给锦芯的爸爸。

小女生们那时还不会用"爱情"这样的词汇，只是将从大人口中零星听来的这些事情当传奇讲来消遣。有一次，她们在班里的学习委员兰玲家里小组学习，又聊到锦芯妈妈是英文老师，难怪派头很不一样。说到最后，她们又说，锦芯的妈妈从不跟人打招呼的，跟邻居也不讲话，讲不清是清高还是脾性古怪。这样一讲，大家似乎觉得高年级明星学生锦芯的那身傲气有了解释。原来在里间的兰玲妈妈这时掀了门帘出来，手里提着个布包，急忙间用只小木梳梳理着短发，一边说："锦芯的妈妈当年在北师大是学俄语的。她跟何叔叔刚结婚那时，我听过她用俄语给大家背《静静的顿河》，背着背着，眼里都是泪。唉！"——兰玲妈妈跳跃的语句，小女孩们恐怕也就听懂个五六分，但那一声低闷的叹息，一下让她们都静下了。立蕙屏住气，看到兰玲妈妈很深地看了她一眼，自顾着摇摇头，叹了一句："唉，这就是生活了！"说完搁下木梳，径自出了门。立蕙清楚地接到了木梳击到三合板柜面上的那声"啪"的轻响。她微低下头，看到兰玲妈妈蹬着压有粗糙喇叭花形的黑色塑胶凉鞋的双脚从身边跨过。立蕙不能肯定兰玲妈妈看过来的那一眼，自己是"看到"还是"感到"的，一阵心惊。

在立蕙的记忆里，自己开始躲避何叔叔之后，叶阿姨好像也突然消失了。现在想来，她那时除了上学就不愿出门了，碰不到本来就难得一遇的叶阿姨，倒也正常。

现在她在等那个戴过越南斗笠、骑过深黑"蓝翎"自行车，最早最早，远在她出生前，眼含泪水为朋友们用俄语背诵过《静静的顿河》的何叔叔的妻子、锦芯的母亲。立蕙感到紧张，更要紧的是，叶阿姨在电话里避开了她对何叔叔近况的追问。"我们见面再细谈。"——叶阿姨重复了两次，就是没有松口。立蕙生出隐隐的焦虑。何叔叔应该比生于 1940 年的母亲大些，七十多岁的老人，身体可以很好，也可能很差。父亲就是七十五岁那年开始失忆的。再不就是中风或更严重的病症的后遗症了？这个想法冒出来，让她在木桌上轻敲了两下——这是西人的习惯，走嘴说了不吉利的话，敲敲木头冲掉它。她再一想，无论是什么情况，叶阿姨没有提到何叔叔会出现，这真让人不安。另外，会不会是最坏的可能——何叔叔已经离开人世？刚才在公司停车场准备起动车子时，这个深黑的问号跳出来，让立蕙搭到方向盘上的手停住了。她从后视镜里看到自己的脸色让身上那件铁灰色真丝短袖衫反衬得更苍白了，她竟穿了这么深色的衣服，果然是要去见记忆中总是一身素净的叶阿姨了。

立蕙摇摇头。生活一直是善待她的，而且会一直善待她的，这是她的信念。她在这个早晨还特意戴上了何叔叔给她的玉镯。这些年来，这是第一次。那蛋清色的一环，在晨光里牢牢地圈在她细细的手腕上，细微的佛雕纹线若隐若现，让立蕙的神情看上去有些凝重。

侍应生端来立蕙点的冰茶。她道过谢，往里面挤柠檬汁，再加些蜂蜜，刚拿起勺子要搅拌，一抬眼，看到侍应生领着一个上了年纪的华裔女士走到餐厅通向露台的门边站下，朝自己这个方向比画着。立蕙立刻起身，迎上前去。

"是叶阿姨吧？"立蕙听到自己的声音撞到头

顶花篮上，又弹回来，尾音扬起。叶阿姨走过来，远远朝她伸出手来，微微地笑着，看上去竟有点儿羞涩。立蕙急步上前握住叶阿姨的手。那手很瘦，薄薄的一把，却带着暖热的体温，让立蕙有些意外。

叶阿姨握着立蕙的手摇了摇："是立蕙对吧？哎呀，你都这么大了！"立蕙心下一酸——何叔叔那年到暨大看她，见面时说的第一句话也是：你都这么大了！那一年，她才十九岁，如今已年逾不惑。立蕙努力笑笑，说："是我啊，叶阿姨。见到你真高兴啊！这边请这边请。"一边拉着叶阿姨的手，走到座位上。叶阿姨松开手，停下一步，上下打量着立蕙，说："你还是这样苗条，就是高多了，真是斯文好看。"立蕙眨眨眼，接不上话来。叶阿姨将这话说得这么自然，听起来亲密得好似叶阿姨当年就住在隔壁，看着自己长大的一样。"哎，你这接的是你妈妈的身形。"——叶阿姨又加了一句。立蕙本来正要笑，听到叶阿姨提起母亲，一下就有些不自在，赶紧说："叶阿姨真会夸人啊！

锦芯当年的身材那才叫好看呢，老师常说：'看人家锦芯，站有站相'。"——忽然看到叶阿姨脸色凝住了，有点走神。

立蕙赶紧上前拉开椅子，一边扶着叶阿姨坐下，一边说："叶阿姨，我真是佩服你，能自己开车，还能跑高速公路。"叶阿姨笑着摆摆手说："嗨，我考了八次路试才拿到执照的啊。"立蕙张了张嘴，叶阿姨马上说："不过还是很值得。特别是到了我们这个年纪，能独立太重要了。"立蕙想到父母不愿在美国定居的原因，跟他们感觉离开女儿无法独立、又怕拖累女儿有很大关系，轻叹了一口气，说："叶阿姨你还是不一样的，你的英文又好。"叶阿姨说："刚开始也难的，电台一开，根本听不懂，发现还不是美式英语和英式英语那么简单，是自己基本没有语感，急死人。哎，都过去了。谢谢你提醒了我经常忘记的一点：比起很多同龄的中国老人，我真是幸运的。"立蕙感觉到叶阿姨思维的跳跃，却一时无法确定语气中的内在关联，就没接话，转头去给叶阿姨叫热茶。

　　叶阿姨比立蕙记忆中的样子矮了，身架骨也缩了一圈似的，腰板却很挺直。烫成大波纹的齐耳短发几近全白，梳理得纹丝不乱，在前额处却忽然有几抹灰白，随着波形弯曲有致，竟似挑染的效果，带出几分时尚感。叶阿姨面颊和眼角的皱纹看上去密集却不很深，皮肤谈不上有光泽，有些浅淡的斑点，脸上的毛孔也是细密的，给人的感觉是老了，却并未松塌。立蕙过去从不曾如此近地看过叶阿姨，这下才肯定了自己过去的猜想：锦芯确实是更像母亲的。叶阿姨的嘴唇如今虽有些瘪下来，但还让人能看出锦芯那棱角分明的宽阔双唇的来处，它们跟叶阿姨的几乎一样，在嘴角微微向上弯翘。立蕙注意到叶阿姨抹了无色唇膏，眉毛也精心修理过，整个人看上去十分清爽。上眼睑打成两条深褶，顺着眼睛的形状延到眼角，折出长长的尾线，但眼睛却很亮。跟立蕙一袭深灰的暗调成对比的是，叶阿姨上身是一件纯白的尖领棉布衬衫，外面套了一件浅紫色薄棉的开襟针织外套。下身一条熨得很平整的沙色的布裤子，一双浅棕色的白色胶底布鞋。跟那一头浅白的发色配起来，通体干净素洁——这点跟立蕙记忆中的叶阿姨一致。

　　侍应生走过来，问是不是再要多点时间考虑怎么点菜。立蕙将菜单递给叶阿姨，说："我第一次到这儿来呢，叶阿姨您推荐吧。"叶阿姨接过菜单放下，说："我就要一盘他们的意大利鸡肉面吧。你可以试试他们的串烤三文鱼，分量不大，烤得很嫩，口感特别好。""太好了，就听你的。"立蕙说着，也合上了菜单。立蕙看到叶阿姨搁在墨绿色菜单上瘦削苍白的手，上面有好些深淡不一的斑点。

　　叶阿姨微微前倾了身子，说："哦，我先得说明一下，今天我请客。"立蕙马上摇头："我——"叶阿姨摆着手，说："打住！我是长辈，这第一餐该是我来请的，其实最好是请你到家里来，我亲手给你做顿饭，但现在暂时做不了——""叶阿姨——"立蕙打断她，又说，"我是晚辈，孝敬您是应该的。"叶阿姨的手按到菜单上，压了声说："听话，立蕙！就当

124

我是代何叔叔请你的，可以吗？”

立蕙看到叶阿姨的眼神有些冷，立刻安静下来。叶阿姨很淡一笑，说："这就像个乖孩子了。"一个停顿，她又说："你不是问到何叔叔吗？"立蕙点头，抬眼看到一只蜂鸟飞近头顶的那蓬白色的指甲花，她清楚地听到自己心跳速度跟上了那鸟儿翅膀快速扑打的频率。

"何叔叔已经在前年春天离世了……"叶阿姨的声音是飘过来的，风一样。立蕙轻轻跌靠到椅背上，看到那只蜂鸟"啪"地一击，尖小的长嘴定在铁网间的草叶里，摇落下的指甲花瓣星散而下，让人想到雪花。她的后背抽紧了，不响。叶阿姨凑近台边，看着她叫："立蕙？"立蕙回过神来，轻声回说："啊，怎么会是这样？何叔叔年纪并没有很大呢……"她侧过脸去，看到自己走出暨大学生食堂的大门前，去寻何叔叔白色的身影。她十九岁了，那时。十九岁的她，竟没有留何叔叔吃顿学生食堂的午餐，现在看回去，那是他们的第一面，也是最后一面。何叔叔的身板挺直地藏在白色的确良短袖衬衣里，慢慢走远。

　　立蕙拿起台上的纸巾，轻轻擦着眼角的薄泪。叶阿姨在对面平静地看着她。这平静让立蕙感到压力，她努力忍下，不让已涌到鼻腔里那些微咸的清液流出来。"人都有这一天的，好在何叔叔走得很快，没吃什么苦。"叶阿姨缓缓地说着。立蕙捏着纸巾盯着叶阿姨，等她下面的话。

　　"他那时在东部马里兰锦芯的哥哥锦茗那儿。天刚暖了，他们白天去海边玩。何叔叔下船时还高兴地从很高的舷梯上跳下来。问题可能就出在这里。人老了，血管就像老旧的水管管道，壁上很多锈斑。你不动它，它可能还行，一激烈冲击，锈斑就可能脱落，堵塞血管。他刚落到地面时，脸色一阵发白。他没有及时告诉其他人有什么不舒服。事后想来，他当时是忍下了不适。但到了半夜就再也顶不住了，紧急送医，是大面积心梗，什么话都没有留下来，就走了。"

　　立蕙低下头，将餐巾纸打开，蒙住眼睛，

轻轻移下，抹净面颊上的泪，抬起头来，喝了口冰茶，说："这几年越来越频繁地听到长辈们这类消息，每次听到都会让人很难过。"叶阿姨点点头，说："你是个很善良的孩子，真可惜，我们没早点儿联系上。"立蕙想着叶阿姨最后一句话，不知如何作答。叶阿姨安静地坐着，头侧过去，望向海湾远处。这时已是正午，阳光垂泻而下。微风吹过，叶阿姨前额的头发动起来，在脸上打出移动的阴影，让人看不清她的眼神。过了一会，叶阿姨才调过头来，问："你的父母都还好吗？算起来，怕有三十多年没见过他们了。"

菜上来了。立蕙帮叶阿姨往意大利面上撒着胡椒，点头说："他们都挺好的，可惜我爸前两年得了老年痴呆症。他们来美国住过一阵，都拿了绿卡了，最后还是不愿在这里住下去，说还是回国更习惯。我觉得我妈是怕拖累我。唉，他们这样，我倒更不放心。所以这几年只要有假期，我都是往广州跑。"叶阿姨本来在搅拌着面条，听到这儿停住了，脸上的表情黯下来，盯着立蕙，想了想，说："照顾一个老年痴呆的病人是很辛苦的，而且你妈妈也是个老人了。""是啊！"立蕙叹口长气，说不出话来。

叶阿姨安静地嚼了一口面，放下叉子，问："我记得，你比锦芯小两岁，是 1966 年出生的，对吧？"立蕙点头。叶阿姨侧过脸，目光看往海湾的方向，微眯着眼睛，好像是要抵抗阳光的刺激。过了一会儿，忽然说："你妈妈如今还写毛笔字吗？她那一手字，可真是写得好啊，非常好。"

香松酥脆的烤三文鱼在立蕙的嘴里正融出油香，她喝了口水，说："我没见过我妈写毛笔字啊？"叶阿姨的嘴角掠过一丝苦笑，说："哦，是吗？那该是你出生前的事了。你妈妈和锦芯爸爸他们一起到融水苗族自治县的大山里搞'四清'，你妈妈在那里跟何叔叔一起练的毛笔字。""跟何叔叔学练毛笔字？"立蕙将叉子定在盘里，问。叶阿姨没答话，自顾着往下说："何叔叔的曾祖中过举，早年是桂北

兴安城里的耕读世家。你将来有机会去兴安，
到灵渠走走，那里还有何家的牌匾。何叔叔的
毛笔字一向写得非常好。讲起来，抗战胜利后，
1946 年初吧，我们全家从昆明出来，要回老家
兴安。一路到了桂林，我就是被何叔叔的字留
下来的。"说到这儿，叶阿姨轻笑了一下，"我
家里逃到桂林时，临时租在何叔叔家的大宅子
边上，就在中山路十字街拐角上，是当年桂林
最热闹的街市，一排排的桂树，飞扬的尘土。
我那时在读初中，差不多天天去锦芯爸爸家里
看她爷爷写字。"立蕙屏住呼吸，见叶阿姨低
下头来，慢慢地用叉子搅着盘里的面，想了想，
说："我小时候听说过你和何叔叔的故事，你
都回北方了，读了大学后又专门到广西来跟何
叔叔成家的。"叶阿姨点点头，说："是的。
唉，人的一生，有时就决定在'一念'。很多
现实的困难，比如生活习惯、风土人情、性格
差异，都是年轻时不会想的，直到碰到很多困
难。"说到这儿，叶阿姨突然停下来，说："你
看我扯远了。我是讲，你妈妈和我们家何叔叔，

那时都在融水乡下的工作组里。你妈妈业余时间就跟何叔叔一起练字。我1965年冬天到柳城去支教——哦,这些广西地理……"叶阿姨看看立蕙。

立蕙点头,说:"我有概念的。那是柳州地区一个县吧?"叶阿姨点头,说:"是的。我在柳城的事情完成了,想那里去融水很近,正好柳城县教育局有车过去,我就跟了过去,看看春节后就没再回过南宁的何叔叔。我就是在那里看到你妈妈的字的。"说到这儿,叶阿姨停顿了一下,很深地看了立蕙一眼,想了想,又说:"那些字堆在苗寨生产队破烂的办公室里。办公室在简陋的竹楼上,楼下养着猪,很臭,但是风景非常好。真是层峦叠嶂啊,深浅不一的黛蓝,拥到窗前的是那么墨绿的凤尾竹,再远处是苦楝,那是画都画不出来的美。所以听人讲'桂林山水甲天下',我就说,那样的山水,广西到处都是,更美的都有啊,只是绝大多数人无缘亲近它们。我看着竹窗外的景致想,在这里练字的感觉一定非常奇妙,简直是给山水画卷题墨。你妈妈很有灵气。我看了她很多字。将那些写在报纸上的字铺开了看，真是进步神速。我就想，可惜她没有碰到锦芯的爷爷，若跟了他老人家学，凭她的资质，会出息成个大书法家的。""你在那里碰到我妈妈了？"立蕙很轻地问。叶阿姨苦笑了一下，嘴角不经意地一撇，表情就冷了，说："我只在那儿过了一夜，第二天一早就走了。没有见到你母亲，只见到了她很多的字。很多……"叶阿姨又强调了一句，"你说你没见过你母亲写毛笔字，嗯，后来回城了，很快'文革'就开始了，你又出生了，她可能就再也没空，大概也没有心情再写大字了。"

立蕙看到一个巨大的问号，被叶阿姨看似漫不经心地抡成了一个完整大圆。立蕙瞪着眼睛，清楚地看到自己家庭树上的所有枝丫，如何从那个圆形的树结上生长出来。她如果像珑珑那样也来给自己画一棵的话，那树底下坐着的，会是她、锦芯和锦茗——她的两个同父异母的兄妹。她比珑珑幸运些——这个想法跳出来，立蕙马上摇摇头。如果按美国式的严格要求，锦芯锦茗会是延出一条长长的折线，连到另一棵家庭树去的。立蕙苦笑了一下，切了块三文鱼，送到口里。

叶阿姨一边切着鸡肉，一边说："如今我倒天天会写一阵毛笔字。这跟人家练太极练瑜伽是一样的，它能让心静下来。特别是心情不好的时候，一直写一直写，那些烦恼好像真的能随黑黑的墨迹流走。"说到这儿，叶阿姨停了一下，说："你妈妈现在年纪大了，时间比较多，让她写写大字，会很有益的。"立蕙想到母亲如今为了照顾父亲，连单位里组织的各种旅行团也不去了，每天陪丈夫散散步，买个菜，偶尔串串门，傍晚跟老同事们聚在一起，水泥地上跳跳舞，看不出有什么烦恼。就是说到丈夫的病，她也总是说："你爸能吃能喝的，体检指标比六十左右的人都好，我怕还活不过他呢。痴呆点怕什么？我不痴呆就行了，可以服侍他。只要他活着，跟我就个伴啊，所以不要想象照顾他是苦，等你老了就懂了。"这样说

来，如果练字是寄托，大概母亲如今是真的不
需要了。

叶阿姨搁下刀叉，说："我已经吃好了，
你慢慢用。"立蕙抬眼看到叶阿姨碟里还剩下
三分之一的面，几块鸡块。叶阿姨接到了她的
目光，敏感地回应说："剩下的我打包带回去。"
立蕙这时也将盘里的食物吃完了。侍应生过来
收走盘盏，又问："要点些餐后甜点吗？"立
蕙和叶阿姨都点了咖啡。

咖啡很快送来了。叶阿姨一边往咖啡里加
着奶和糖块，一边问："你看上去只有三十多
岁的样子，生活一定过得很顺利。你做事吗？"
立蕙呷了口咖啡，笑笑，说："谢谢。叶阿姨
你真会说话啊，我如今是连镜子都越来越不敢
照了。"叶阿姨赶紧摆摆手，嗔怪道："瞎讲！
这么年轻，这想法要不得。"立蕙说："真是
太忙乱，总觉得累，憔悴得很。"叶阿姨"哦"
了一声，说："要多运动。"立蕙应着。叶阿
姨又问："你如今在做什么工作呢？"立蕙答：
"我在 AMD 做芯片生产成品率优化方面的研

究。"她的口气有点迟疑，不知叶阿姨是否听得明白。叶阿姨抬眼看她，说："女孩子做研究工作很好的。好多年前，我听到他们谈起过，说你也来美国了，在念博士。"立蕙一愣，想问"他们"里有何叔叔吗？他知道她来了美国，在读博士吗？转念却说："是啊，那时候年轻，也没多想，就一路读下来了。"她看向远处的圣马刁大桥，那沉沉一线通向彼岸——是何叔叔跟她说的，将来到美国去，长见识，她就来了。当然，何叔叔不说她应该也会来的。那时的广州，年轻学子们的目标都是要到国外深造。但何叔叔那年如果没有告诉她锦芯已在美国念研究生了，她未必真会明确决定要到美国。锦芯一直高高地在前头，特别是那个夏天，在高高的台阶上，她认出了锦芯的身份之后，锦芯就不再是抽象的偶像，而成了亲切的榜样。

　　叶阿姨点点头，轻叹了声说："噢，你们这些孩子都很能干。在美国读个博士很辛苦，我看锦芯他们就知道了。你爸爸妈妈一定很高兴的。"立蕙没说话。她想自己的父亲这一生最开心的时刻之一，怕真是看到她穿着博士袍戴着博士帽，从圣地亚哥加大理学院院长手里接过博士证书的那个瞬间了——智健后来告诉她，听到麦克风里读到你的名字的时候，爸爸流泪了。"严博士！我们立蕙是严博士了！"爸爸揩着泪水说。立蕙走下台后，紧紧拥住父亲。在十二岁离开南宁的那个早晨，她抱住父亲的腰哭出了声——为了他含泪说出的对她的爱。立蕙在圣地亚哥明艳的5月天里透出了一口长气，她终于对父亲的爱做出了些许报答。

　　立蕙刚想问锦芯的近况，叶阿姨在那边又说："你成家了吧？孩子呢？"立蕙一边点头，一边掏出钱包，取出一家三口的照片递过去给叶阿姨看。叶阿姨侧身从包里掏出老花镜戴上，双手接过立蕙的照片看着，大概是嫌光线被头顶的花篮挡着有点暗，她往后移了移身子，将照片拿近了再看，神情几乎是端详。好一会儿才将照片还给立蕙，取下眼镜，说："真好看的一家人啊，孩子长得太可爱了，眼睛圆圆长长的，好像你。你先生也生得俊，是同学吗？"

立蕙说："是在美国读书时的同学，家里也是广州的。"叶阿姨微笑着说："多好啊！人老了，看到孩子们过得好，最欢喜了。我们如果早几年联系上就好了。"立蕙轻轻点头，说："就是啊！"叶阿姨轻叹了口气，又问："你孩子叫什么名字？多大了？""他属龙，马上就要十二岁了，我们叫他珑珑，玲珑的那个珑。"叶阿姨笑笑，说："我喜欢这个名字，也很配他的样子呢，很讨喜。他的中文怎么样？""唉，这就是我最头痛的事情了，听、说都还不错，但读写就不怎么样了。"立蕙苦笑着摇摇头。叶阿姨笑了，说："再难也不要放弃，要坚持送去中文学校。小时候打下拼音的基础，笔画顺序也弄通了，将来大了再学就容易得多。我的孙辈们如今上了大学的，都在选修中文。他们都说小时候打的基础帮助太大了。"立蕙笑着说："我已经送珑珑上了五年中文学校了，从骆宾王的'鹅，鹅，鹅，曲项向天歌'学起，弄得我都重新翻了一阵唐诗呢，可也就这样了。"

"关键是坚持。"叶阿姨说着，喝了口咖

啡，放下杯子，又说，"我一直在看你手上的这个玉镯，特别好看。"立蕙的心跳快起来，放下手里的杯子，将手伸到台子中间。从花篮四周直泻而下的正午阳光，将立蕙腕上那圈烟白色的玉照出剔透通明的效果，立蕙这才发现，里面有些小小的丝绒般云纹，在横着雕出的微型弥勒佛像间若隐若现。何叔叔将这个手镯交到她手里，她一直将它套在一只墨绿色的平绒小袋子中，锁在广州家里自己房间的小柜抽屉里。出国时带出来，一路万水千山，时刻在身边，却很少取出来。这是第一次将它这样戴上。她从来不曾注意到这上面竟有小小的云纹，便好奇地要去脱下来看。叶阿姨伸手过来按下了，说："你戴着很好看，不用取下来。"立蕙松了手，说："哦，我是第一次看到这些云纹。这是家里传下来的。"她小心地说，看看叶阿姨。叶阿姨点头，说："我们家锦芯也有一只相似的，是她奶奶留下来的，那上面雕着观音，也是这样细致。你回去用放大镜看，会发现上面的佛珠都一颗颗雕得很细致很生动，旧时的东西就是好啊！那时的人，一辈子就专心做一件事。锦芯那只也是这样，侧沿上也有一圈玉皮。听她奶奶说，那是从一块和田玉上直接剖制的，故意留着玉石皮。你看它有皮这边的表面不怎么平。内里挖出的那块，做了两个玉珮，锦芯哥哥锦茗拿着。有传家宝的人家是幸运的，一代代血流下去，有这些东西，是个念想。你将来要把它传给珑珑。"

　　"叶阿姨你说得真好。"立蕙轻声应着，将腕上的玉镯转了一圈。叶阿姨淡淡一笑，说："今天见到你很高兴，看到你过得这么好，作为长辈，我很开心。很久没这么开心过了。我过两天就要到东部锦茗那里去，跟他们一块儿去参加他女儿，也就是我大孙女妮子在马里兰大学的毕业典礼。锦茗在弗吉尼亚大学教书。那小丫头秋天就要到 UCLA（加州大学洛杉矶分校）医学院去了，拿到了全额奖学金去读医。""啊，恭喜你了！真厉害啊！"立蕙由衷地说。叶阿姨笑起来，说："这丫头从小特别省心，很自觉。锦茗的老二是个男孩，还在读高中。"

"锦芯也跟你一起去吗？"立蕙问。叶阿姨一个停顿，表情黯淡下来。立蕙屏住气。叶阿姨静坐着，好一会儿都没有反应。"叶阿姨！"立蕙微微前倾身子，又轻轻唤了一声。她看到叶阿姨的眼睛有些微红，小心地问："锦芯她怎么啦？"叶阿姨好像这才回过神来，说："说来话长。人的命运，真是很难说啊！锦芯应该说一直都很顺，从来不用人操心的。北大一毕业，就嫁了同校无线电系的男生，湖南人。两人一起在伯克利加大读博士，锦芯念化学，我那女婿念计算机科学。锦芯那个好强，一边读博，一边生孩子，二十七岁那年生了老大，两年一个，连生了三个孩子，博士论文答辩都是挺个大肚子去的。"

"啊？！"立蕙忍不住轻叫一声，"太厉害了！"她又加了一句。叶阿姨摇摇头，神情悲切地说："我那时身体不好，回国养病了。很多中国同学都是生了孩子就丢给老人带回国去养，等自己的情况安定了，再接孩子出来团聚。我们劝她将孩子给我们带回去，她死活不肯，说孩子得在自己身边长大，让我们不要管。何叔叔心疼她，让锦茗给办了绿卡，坚守在伯克利帮她带孩子。那些年，大家其实都很辛苦。等她博士毕业找到工作，安定下来，才顺利了。我那女婿在硅谷做事。前些年网络业最好的时候，他加入的一家公司很快就上市了。当时那股票在纳斯达克热得不行，上市第一天就涨个百分之二三十，按俗话说的，是发了。做了几年把股票的钱都拿到手，就闹着海归，要自己回国创业。去了，在中关村跟朋友合开个高科技公司，说起来做得挺不错的，怎么去年初就生病了，查来查去查不出个病因。人就眼见着瘦，拉肚子，到后来整个人脱了形。你不能想象生命有多脆弱，一个活生生的汉子，说没就没了！"

立蕙一惊，问："你是说锦芯的先生？走了？"

叶阿姨点头，说："是啊！"

立蕙回不过神来，脱口说："他们有三个孩子呢！天啊！"叶阿姨摇头，说："孩子们倒也大了。老大如今在康奈尔念大二，很懂事，又漂亮，何叔叔生前最疼她的。老二非常聪明，高中跳了一级，现在哥伦比亚大学读大一。老三还在波士顿念寄宿高中。经济上是没问题的。只可怜我那女婿，那么出色的一个孩子，在很恶劣的环境里长大，完全是自己一路走出来的，又那么孝顺——更可怕的是我们中国人说的，祸不单行。锦芯原来那么顺的一个女孩子，学习、工作一向很出色，中年竟来了个这么大的打击，哪里受得了？人一下就崩溃了，有一阵患上忧郁症。到去年夏天，竟引发肾衰竭，如今要透析。这样一来，一个人的生活品质，你可以想象。"

立蕙感到全身都僵住了，眼睛不能聚焦，前方的人影一个个散开来，成为五颜六色的光斑。锦芯的身子被那些光斑缠绕着，高高地在前方的台阶上站着，突然转身，沿着小径跑远，锦芯哭了，肯定。立蕙打了个寒战。

"她现在的情况怎么样？"立蕙下意识地问。

"还算稳定，但也没完全控制住。倒是已经上班了。身体当然是虚的，但看上去比过去好像更拼了，让人担心啊！唉！本来透析是一周一次，最近说数据不太好，很可能要加到一周两次。"说到这儿，叶阿姨的情绪平静下来了，说得很慢。"可以换肾的，对吧？我有个同事今年初就做了手术，很成功，现在恢复得挺好。我记得，里根政府那时就通过的政策，换肾是可以完全由政府负担的。"立蕙说着说着，语气急促起来。

叶阿姨看立蕙一眼，点点头，说："透析很辛苦的，连出门旅行都受限制，去一处，住过一周以上，都要先找好透析的地方。虽说换肾在美国排队迟早能排上，但什么时候能排到匹配的，也很难讲。我和她哥哥都去测试了，可惜都和她配不上。若我们有个配得上的，她就不用等了。"

立蕙的心"咯噔"一下，只见叶阿姨转过身去，朝远处的侍应生招手，表示要买单了。立蕙马上说："叶阿姨，我来吧！"叶阿姨立刻回道："不许争！我说过了，这单一定是我的。能见到你，有个孩子陪我说说话，我要谢你呢！"侍应生这时拿着个账夹过来。立蕙和叶阿姨同时伸出手去抢，叶阿姨叫起来："No！立蕙，听话！"立蕙看到叶阿姨表情非常严肃地盯过来，就缩回手，轻叹了一声，说："这多不好意思啊！"叶阿姨按下账单，说："这餐饭就算是我代何叔叔，也代锦芯他们请你的，好吗？"立蕙嗫嚅着，鼻子有些发酸，轻声说："那就真要谢谢了，希望很快可以回请大家。那么叶阿姨，等你从东部回来了，请你们到家里来聚聚。"

正在签单的叶阿姨停下来，看看她，说："好的呀。我很高兴我今天来了，我喜欢你这个孩子。我那天给了你手机号码，对吧？我们随时联系。你有机会，可以跟锦芯联系一下，她到她侄女毕业典礼那周末才会过去。她也应该会找你的，她知道你打了电话来，很高兴。你们在这儿这么近，做个伴儿，多好。"立蕙点头，没有说话。

起身离开的时候，立蕙走过去挽住叶阿姨，两人慢慢地在指甲花篮的花影下穿行。立蕙将叶阿姨送到停车场里叶阿姨的车位上，注意到那是一辆七八成新的沙金色凌志车。叶阿姨看着车子，说："这是志达，也就是我女婿留下的车。"说着，那声音就有些变了。立蕙安静地帮叶阿姨拉开车门，等叶阿姨坐进车里，忽然心思一动，手扶在车门上，微侧了身子，上前低声问："我想问，何叔叔安葬在哪儿？"叶阿姨看上去似乎有点意外，微抬起脸，看向立蕙，想了想才说："葬在华盛顿近郊，一个很开阔很漂亮的墓地。那里有片专门开辟给中国人的区域，墓碑是竖立的。我也给自己在边上买了一个位。""叶阿姨，你会长命百岁的。"立蕙打断叶阿姨的话。叶阿姨忽然一笑，表情非常天真，伸出手来，轻轻却是很快地摸了摸立蕙的脸颊，说："谢谢你。我们家里除了我，都是学科学的，你也是啊。最关键是活着的时候要活得开心，长短并不那么重要。但还是要谢谢你的吉言。"

　　立蕙退出几步，看叶阿姨将车倒出来，又摇下车窗，向自己招招手，再一眨眼，那抹沙金色，就转上了通往公园门外的道上。整个过程十分流畅。再没有人能记得叶阿姨当年座下闪着银光的两只钢轮间横插着的那把深黑琵琶了，立蕙一愣。真是比弹指还快。她站在停车场里，抬起头，一架阿拉斯加航空公司的飞机掠过海湾上空，越降越低。机尾那个爱斯基摩人的脸越来越清晰，他看上去真是饱经沧桑了。他在笑，很灿烂的，饱经风霜的笑容。他死了——立蕙捂住了双眼，再松开，锦芯那张生气勃勃的脸浮上来。立蕙迎上她看向自己的幽深眼神，慢慢地褪下手腕上的玉镯，小心地放回手袋里，朝停车场深处自己的车子走去。

三

　　锦芯的电话是在叶阿姨飞去东部的当天夜里，9 点刚过的时候直接打到立蕙手机上的。

　　立蕙正在往洗碗机里放着从晚餐桌上收拾下来的盘盏，珑珑举着她搁在起居间茶几上的手机跑来递上。立蕙抬了抬下巴，本想示意珑珑将手机搁在台上，等她稍会儿再看，却一眼瞟到珑珑举到眼前的手机屏面上跳出的是前几天刚存下的锦芯家的号码，赶紧扯下塑胶手套，按下对话键，随手又摸了摸珑珑毛茸茸的脑袋，谢了他。

"请问是立蕙吗？"——沉着的声线，非常干脆，却很陌生。在立蕙的记忆里，锦芯的声音总是高昂犀利的。记得小时候坐在农科院子弟小学的礼堂里听锦芯发言，总让她想到冬天的午间靠在宿舍楼边桉树下啃甘蔗的时光。咔嚓咔嚓，那些青皮的糖蔗、黑皮的果蔗是那么清脆而多汁，令人口舌生津。立蕙没想到，锦芯的声音也会生长，像那些节节升高的甘蔗，在根底变出坚韧。

"是呀，我是立蕙。"立蕙一个激灵，声音轻下去，很快地将洗洁剂倒上，摁下按钮，转身拐出厨房，身后是洗碗机的进水声，"哗，哗哗，哗"，声声递进，追击而来。"我是何锦芯。"锦芯在那边追上一句。立蕙应着："噢，锦芯啊，你好你好！多少年没见了啊，你还好吗？"她一路上楼，转进主卧室，随手关上了门，坐到地毯上，也没顾得开灯。从窗纱里看出去，已暗下去的天色呈出墨蓝，被远处邻人的屋顶和行道树的枝丫剪出黝黑的边角，黑蓝的嶙峋间有些白亮的光。立蕙有些欢喜起来。

"谢谢，我还可以。听我妈妈说，你们见过面了，她回来好兴奋，跟我说了你好多的事。"叶阿姨安详的面容跳出来，立蕙想象不出她兴奋时的样子，有点儿走神。"我前些天有点儿忙，没能一起去。她说你看上去状态特别好，好年轻，家庭也很完美，真好。"锦芯一路说下来，立蕙听出那声线在变柔。有些亮片闪过，被不明的光源映出点点荧光。

"噢，哪里哪里，都过了四十岁了。"——立蕙说到这儿，心下一酸。记忆里锦芯最深的形象，是穿着一件粉红细格带荷叶边的的确良短袖衫，挺拔地站在台阶上，通体舒展得没有一丝皱褶。锦芯呵斥那些个小毛孩四窜而去后，眼里的冷光掠过来，并没有多做停留。那时她们都是十几岁的少女，在南中国桉树浓重的阴影里同时被一支冷箭穿透，却不曾相互安慰。

　　"叶阿姨看上去才是好，还自己开车，真了不起！"立蕙掩饰着说。锦芯在那头迟疑了一下："是啊，这日子过得多快，我们大概有三十年没见面了吧？"立蕙未及接话，又听得锦芯在那边说："我想请你方便的时候到我家里来坐坐，喝喝茶聊聊天。"那语气慢下来。

　　"我也很想去看看你。我跟叶阿姨说了，等她从东部回来，我要请你们到家里来。"立蕙应着。锦芯赶紧说："噢，等我们从东部回来，孩子们也回来后，再请你们全家一起过来聚聚。"立蕙心下明白锦芯是想尽快单独见她，就说："我周末可以的，看你什么时候方便。"锦芯的口气轻快起来，说："那好。我三个孩子都在东部，我现在一周有两天在家里上班，三天去公司。只是我下周末要飞马里兰参加侄女的大学毕业典礼。如果你方便的话，这周六能不能来我家里小坐一下呢？"立蕙还未开口，锦芯在那边赶紧说："我知道，上班族周末的时间很宝贵的，我这样临时约你，但愿对你来说不会太仓促了。"

　　立蕙当即应下。两人互道了珍重。立蕙刚

收了线，就接到锦芯传到手机上的短信息。一看，是锦芯家的地址，想起那天跟叶阿姨都没聊到这些细节。她注意到那是在希斯堡市。那座小城在跟叶阿姨碰面的湾景公园对面的山间，紧靠着生物生化公司云集的南旧金山，是旧金山湾区有名的老派富人聚居地。当年林青霞刚出嫁时，在那儿安过家，湾区华文媒体很热闹地报道了一阵。立蕙不时会在高速上看到这个城市的出口，也因要去与它相邻的地方，偶尔穿过它城中心商业区的几条主干道，却从未有机会深入它闹中取静、深藏在山坡上茂密树林子里的住宅区，更没看过那些传说中的豪宅。锦芯竟住在那里，这让立蕙生出好奇。

周六早晨，智健和珑珑父子一早就去了运动俱乐部，这是他们的"父子时段"。待智健健完身，珑珑的游泳训练也该完了，两人泡个三温暖，洗好出来，去吃顿平时立蕙严格限制他们进食的汉堡，再去书店五金店等处逛逛，回到家也该午后了。往时立蕙多半是睡个懒觉，起来收拾一下家居，洗洗衣裳，就跟女友约了出去吃顿午餐，逛逛店，喝咖啡聊天，放松放松。
立蕙不记得家里这种松散独立的活动方式是什么时候形成的，但她明白自己和智健都因此感到自如和轻松。智健如今除了偶尔到排球俱乐部打球之外，更热衷的是到旧金山当义务城市导游。他业余花不少时间自费修课，参加培训，了解旧金山的历史和街道、建筑和文化，成了旧金山城维多利亚建筑方面的专家。周末不时到城里，以旧金山城市志愿者的身份，领着来自世界各地的游客看那些漂亮的维多利亚建筑群。待智健轮到去旧金山城里当义务城市导游的时候，立蕙就会去陪珑珑。

　　立蕙将家里的琐事打理完毕，近 11 点时出了门。她挑了件深玫红的 Ralph Lauren 新款短袖 POLO 衫，左胸前印着马球手和骏马的白色大标识，细细的腰身掐得恰到好处，下身是一条白色纯棉质的七分裤和白色纹麻编底凉鞋，配着精心修剪打理过的短短的头发。长长的脖子，一对玫红间白纹案的细长耳环，粉银色的提袋，亮色的唇膏，看上去生气勃勃。配着敏捷的步态，像是从运动场上跑了几圈下来，透过了气，刚收拾停当的样子。

她转到超市里买了一把含苞待放的百合。这些年来，立蕙偶尔想到锦芯的时候，总觉得她是最适合用百合来表达的那种女子——硕大花朵开放时的姿态如此恣意，浅白的巨大花瓣包裹着色泽浓重的纹理，繁复的芯蕊，馥郁的香气，冷艳决绝。立蕙拎着那把百合走出店里时，为自己终于有机会亲自对锦芯做如此嘉许，心下有些雀跃。她又转到一家日裔店主经营的糕点店里，买了一盒绿茶和红豆做馅的茶点，才转上高速。一路从硅谷南端腹地沿 280 高速公路往北开，按 GPS 的引领，不过半小时的车程，便从希斯堡的第一个出口下来，很快就开始在浓荫蔽日的柏油面山道上回旋。

立蕙摁下开启车窗的按钮，伴着车窗清晰的滑落声，车里立刻灌满红杉混着桉木的清香。微风飘过，隐约还能闻到海湾的淡腥，气温也比山下至少低了三五度。窄小的山道边是间隔稀疏的豪宅，依坡而建。这种老派的高尚社区里多为占地宽阔、样式古典的老房子，前庭后院花木扶疏，相比起立蕙习惯的硅谷中产社区平实规整的千篇一律很是迷人。立蕙的车速慢下来，给驶过人家的前院设计打着分，心里的紧张疏淡下来。

锦芯的家在一条相当隐秘的弯道尽处。小路左侧有低矮的水泥路基，是为了防滑坡而建的。路基内侧是疏密有致的灌木丛，各色小花相间其间，想来是早春时节人工播下的花籽，在这初夏开得蓬勃盎然。再高上去，该是坡上人家的后院，有高大的乔木间隔着，非常静谧。沿坡的高树下，石间有小溪流过。立蕙转过一个弯，路面一下又宽阔了。立蕙按GPS的指说，拐进一块几乎是被参天红木蔽掉天空的圆形空地，看到正前方一扇大开的深灰色铁栏杆门。她看到门前侧那个手擎白鸽的少女铜雕信箱座下的号码，知道锦芯的家到了。

按锦芯在电话里的指点，立蕙将车子直接开进铁门里。一眼看到前方至少270度的宽阔风景线。这是一个在坡地上辟出的宽大平台。

立蕙将车子在前院的喷泉边上停稳，捧着百合，拎了茶点和手袋，下得车来，站在前院打量这个藏在山谷里的深宅大院。

平台边缘靠近房子一侧有棵巨大的橡树，近午的阳光穿过，在平台上打出一大圈斑驳的光影。身边喷泉池子的中央，坐着一条线条柔美细致的铜雕美人鱼。水柱从她双手托着的水瓶里喷流而出。池边是一些铜铸的莲叶、青蛙和龟，一圈小小的水柱，轻缓地喷吐着水花，那水声清亮舒缓，有点流水淙淙的意思，让人心生欢喜。橡树那侧有大块石片铺出弯曲的小径，绕着绿茸茸的草坪转到后院。沿着平台边缘是高矮不一的花坛、花带，开满了各色的花，绣球、天堂鸟、玫瑰、热带兰花，夹着热带的阔叶蕨根类植物。见到这跟自己那小小后院的花草同为亚热带风格，立蕙会心一笑。

喷泉后面，是一栋地中海式的两层楼房。看上去楼层空间高阔，加上有各个错落的尖顶，整栋房子看上去很有气势。外观是姜黄色墙面，那色刷得很细腻，让房子线条自然干净地突显出来。深栗色原木的门窗，同色调的细巧铁件外饰，顶上是质感厚重的红瓦，在大气上平添出低调的雅致。左侧外姜黄的墙上，一蓬茂盛的三角梅由木架牵引着，一路沿墙往高爬去，在湾区夏日午后赤白的阳光下，在姜黄的底色上开出一片烂漫艳红的花朵，配着墨绿的枝叶、枝干和窗饰的深栗。这该是自己梦想中居所的样子了，立蕙心里想着，退出一步，再看了一眼这栋房子的外观。相对于这一路进来看到的路边老屋的基调，她猜想这大概是推倒了原来的老宅重新建的。

立蕙忍不住又回头望向身后的平台前方，能看到海湾近机场那段水域，旧金山国际机场的跑道清晰可辨。山下密密麻麻的房屋像是浸在灰蓝的水里，101 高速公路上南来北往的车辆若隐若现，静中有动。立蕙想象着这儿的夜景，一时有些走神，忽然听到身后传来有些犹豫的女声："是立蕙吧？"立蕙赶紧掉过头来，看到锦芯正跨出大门，十指交叉着握在胸前，站在台阶上微笑着望过来。

　　立蕙取下太阳镜，微眯起眼睛望向锦芯。像农科院小卖部门口那样，台阶不高，可锦芯站得很高，很远，立蕙甚至觉得看到了锦芯在台阶上那条长长的投影。她张大眼睛再看，锦芯门前那灰栗色的泥石台阶上一片清亮。有三十年了吗？立蕙摇摇头，只见锦芯的身影开始移动。她跑开了，沿着小路，一直拐过池塘，她肯定哭了的。

　　立蕙应道："锦芯！你好啊！"锦芯开始下台阶，还轻轻提了淡橄榄色麻质长裙的裙摆。立蕙走上台阶，停在宽大的阶面上，锦芯伸出双臂，两人一起上前一步，轻轻相拥了一下，松开时，把臂轻摇，互相打量起来。

　　立蕙很想说你一点都没变，却张不开口。锦芯上身是一件亚麻色的麻棉质长袖衫，衣身宽短，只及腰上，下身麻质直筒长裙曳然而落，在两侧开出长长的开缝，让她看上去修长挺拔，一动起来，又带着飘逸。只是那长袖在这夏日里很是惹眼，让立蕙心下一酸。她记得同事吉姆长期做透析的那些年月，一年四季从不曾穿过短袖衣衫。他告诉过立蕙，但愿你们永远不用面对那样的创口——那驳接了埋在臂上血管间的透析专用器件和它周围的伤口，孩子们看到都会吓得哭起来。

锦芯看上去虽然有些消瘦，腰板还是挺得很直，让她这中年的出场，仍能令人想起少女时代那凌厉的气场。她的眉眼仍然十分清明，小时就给人印象深刻的那双厚实性感的嘴唇上艳色暗淡了，却因为有些亮，似乎仍显出倔强的挑衅。立蕙想那该是抹了原色的唇膏。锦芯的脸比小时候长了，鼻子看上去好像高了些，没有了少女时代的圆润。跟同龄人相比，她的脸上非常洁净，没有明显的斑点。只是过去血气旺盛的脸上如今泛出淡青，眼睑下两个青灰的半弧相当明显。锦芯令人意外地还留着长发。她用一只虎斑纹的大发夹将那些失去光泽的长发翻扎到脑后，看上去随意而慵懒。脚下是一双棕色的人字花面的皮拖鞋，全身上下没有一件首饰，通体给人的印象很是放松。离近时，能闻到她身上隐约的香水味儿，淡淡的茉莉型冷香。立蕙想起最近在店里店员见她要看香榭丽舍系列香水时劝说的：现在流行的是冷香型。意识到锦芯还是关注时尚的，立蕙心下有些轻松起来。

"见到你太高兴了。哎呀，如果在别处撞到，怕真是认不出来了，你那时还是个孩子。"锦芯退出一步，上下打量着立蕙，那口气竟像长辈似的，"你那时很瘦，看上去特别弱，两把小辫总是扎得高高的，羊角似的翘起来，特别可爱。"锦芯一句接一句。那时？哪时呢？立蕙想。他们全家每一个再见到她的人，都说到她的"长大"，想来她在他们心目中的形象，就是一个小小的女孩子。跟锦芯在农科院那次面对面之后，在立蕙的印象里，她们没有再碰到过了，至少是再没有近距离遇见。锦芯在市里中学读书，而她自己很快就随父母去了广州。

"你真好看啊，这么显年轻，还像在校的女研究生呢。我妈回来一直在夸你，说你如今都是女博士了，看上去还是小时候那样本分善良的样子，果然呢。"立蕙一愣，对自己在叶阿姨母女心里的形象有点意外。锦芯又说："真是谢谢你想到我们，我和我妈真的都很感动。我们如果能早点联系上就好了。这都是我的错。我还是先来美国的，我该早点想到找你的。"说到这里，锦芯的声音就有些变了。立蕙忙说："快别这样说。如今联系上就好了，我们全家也特别高兴。在美国的亲戚很少，像我们这样从小一个大院里长大的，真是姐妹般的了。"——话一出口，立蕙就意识到自己说走了嘴，赶紧打住。锦芯轻轻挽上她的手臂，说："你这衣裳的色多正啊，让这四周都亮了几分呢！"没等立蕙答话，她又在立蕙的手臂上轻轻地摩挲了一下，说："还好找吗？很好找的，见到你太高兴了。"立蕙听到自己的尾音有些飘起来，就停下来，将手里的百合和茶点递给锦芯。锦芯微笑着嗔怪："来串个门，怎么这样客气呀！"说着将百合凑到鼻前，吸了一口气，说："这是我爸爸最喜欢的花儿了，开起来那个香啊！"立蕙一愣，未及反应，锦芯就将左手臂轻轻地揽到了她背后，领着她走上台阶，朝大门里走去。

"你这里真是很美！"立蕙在高阔的大门前站下，回头去看身后湾区的远景。锦芯随着她站下，一起转头去看，立蕙注意到她的表情有些黯淡。"有点超现实，是吧？这里离我在南旧金山市里上班的地方，不过十五分钟车程，所以挑了这儿。其实每天绕着山路上上下下，挺累的。"说着，很轻地叹一声。立蕙点点头，本想开句玩笑，说人家都讲，美国人贫富的层次，就是按他们居住的地形区分出来的，沿山而上嘛。转念想到锦芯眼下的状况，就忍住了。

进门是个圆形的挑顶门厅，一个弧形的楼梯前，垂挂着一盏巨大的水晶吊灯。这盏华丽的吊灯跟房子内外低调而精良的风格明显不一致，让立蕙有些意外。锦芯显然觉察到了，仰起头来，看着水晶灯很轻地说："这是志达挑的，我们为这吵过多少次了。你看，如今它倒真是留下来了。"立蕙听出了话里的幽怨。锦芯很快地补上一句："志达是我已过世的先生，我妈妈跟你说到了，是吧？"锦芯的声音很轻，却在门厅里跌击出幽深的回响，让立蕙微微打

了个寒战。她点点头，掩饰着低头寻看有没有
换鞋子的地方，这几乎是中国家庭最典型的入
门礼。锦芯的反应很快，说："我家不用换鞋子。
你看你这身这么好看的衣裳，跟鞋子配得这么
好，换啥都是糟蹋，千万别换。"说着，锦芯
拎了百合和茶点快步走进厨房里，拿出个水晶
大花瓶加了水，麻利地将百合的枝叶修剪了一
下，摆到起居室的大茶几上。

立蕙朝房子深处望去，整个一楼的层面非
常宽阔，客厅、起居室、正式餐厅和厨房是连
通的，一眼望去，整个楼面宽阔得让人感到有
点迷乱。家具不多，每一件看上去都很厚重，
大多是北欧风格，深深的酒红色，线条简约，
构架大气，有效地装饰着这阔大的空间，却毫
不张扬。最抢眼的是室内大大小小的盆栽植物，
看上去生机勃勃，让人一时有闯入植物馆的错
觉。特别是起居间深处那几盆阔大的蒲葵、龟
背竹和小叶榕，枝叶参差地覆盖到四周的家具
上，让人想起在南中国酷暑里疯长的植被。墙
上错落有致地装饰着尺寸不一，配着精美画框

的风景油画和各种装饰画，也有几幅国画，目力所及处，没见一款书法，立蕙心下有些意外，也很失望。

立蕙往内里走去，看到客厅的左侧有间宽大的书房，立蕙一眼看到书柜上错落有致的家庭照片，停了下来。她的目光停在书柜第一层那张大幅的全家福上。锦芯走过来，体贴地领她走进书房。立蕙拐过大书桌，凑近了去看锦芯全家和何叔叔、叶阿姨的合影。那是一张约莫有十八英寸的彩色照片，镶在一个深紫红色的上好木质相框里，静静地立在那里。照片里的何叔叔竟穿着挺括的深色西装，头发几乎全白了，却梳得纹丝不乱。跟当年站在暨南大学的小道上等她时，那一身过时的尼龙短袖衫和的确良裤子的何叔叔判若两人。相片上，他的衬衣是纯净的淡蓝，红蓝相间的领带扎得中规中矩，面容安详地坐着。倚在他身边的应该是锦芯的二女儿。小姑娘约莫十来岁的样子，一袭深红丝绒裙装，头发随意地披在肩上，双手规矩地搭在外公的肩上，笑得很甜美。那圆圆的下巴，有点锦芯少女时的味道。与何叔叔并排而坐的叶阿姨穿的是一件黑色间深玫红小格的薄呢外套，深色的裤子，微笑着搂着胸前那位穿着白衬衣，套着黑呢小马甲，扎了个深红领结的圆头圆脑的小男孩。叶阿姨脸上的笑，是立蕙从没见过的，完全放松的笑，嘴角看上去竟是上翘的。叶阿姨身边立着的那个穿着深紫黑条裙装，扎着高高马尾的少女五官精巧，身材高挑，想来该是锦芯的大女儿了。锦芯穿着棕色间杂枣红抽象图案的毛质连身裙，和身着藏青西服，打着金黄花色调领带的志达站在后排。志达给立蕙的第一印象是跟身高不到一米七的锦芯似乎等高，身体非常健硕，剪着板寸发式，高高的额头，架着无框眼镜的圆脸上一副聪明相，看上去很有活力。这个正值盛年的男人竟也是去了另一个世界的人了，立蕙心下一个哆嗦。再移开目光去看何叔叔，一下看到何叔叔交叉着放在大腿上的双手，那手上有几块明显的老人斑。立蕙愣在那里。就是这双手，曾在广州初夏白热的阳光下一把握住了她的手，

将那只玉镯放到了她手心。她果然带着那玉镯
走过了万水千山，他却已经去了另一个世界。

立蕙直起身来，侧过脸去，和锦芯的目光
相遇。她本想说，多好看的一家人啊，脱口而
出的却是："何叔叔穿这身西装真好看。"锦
芯凑近来，青白修长的手指抚摸了一下何叔叔
镜面上的手，说："这是他来美国前在广州买
的西装，他特别喜欢。来美国穿的机会不多，
也就我和志达的毕业典礼之类，按他说的，就
是他人生最重要的时刻了。最后，我们是让他
穿着走的。"立蕙感到鼻子有点发酸，脸上的
表情染上了哀伤，随即就感到锦芯在她背后轻
轻地拍了两下。接着，锦芯指着相框里的大女
儿说："这是青青。"又顺着看向二女儿的目光，
抬了抬下巴，说："那是蓝蓝。"立蕙会心一
笑，说："那儿子是叫冰冰吧？"锦芯一下开
心了，说："他叫渊渊，那句不是'积水成渊，
蛟龙生焉'吗？哎，这都是中文名字，家里人
叫叫好玩吧。"立蕙也笑了说："噢！我儿子
倒是龙年生的，所以叫珑珑。"锦芯说："我

也属龙噢，这可真巧啊！"立蕙说："是'玲珑'的珑。"锦芯一愣，很深地看了立蕙一眼，说："噢，那就是玉了。"立蕙不响，随锦芯走出书房。

走到起居室里，锦芯转去厨房端来茶壶和一个日式漆花茶盘兼茶具，对立蕙说："我们到院子里坐吧，空气比较好。"立蕙帮着拉开起居室通向后院的门，又去取了自己带来的茶点，和锦芯一起来到后院。在一棵修剪整齐的香樟树下的铁质挑花桌子上摆好，锦芯又进屋里拿出一小盆拌好的沙拉和搁着些熏三文鱼迷你三明治的盘子。那沙拉里撒着松子，香气诱人。立蕙接过沙拉，帮着摆到台上，看到里面有很多新鲜的芝麻叶，高兴地说："我很喜欢芝麻叶那种淡淡的苦涩味儿。"锦芯笑着看她一眼，说："这些芝麻叶是我学我爸在自家院子里种的，有机的呢。"说完转身又进屋里端出两碗热腾腾的莲藕排骨汤，汤上撒着切得非常细致的葱花。那莲藕一看就是很新鲜的样子，排骨看上去也炖得很入味。立蕙起身接过锦芯手里的汤碗，闻到汤里有淡淡的墨鱼干的香气，忍不住吞了吞口水。锦芯笑起来，说："饿了吧？这汤是刚从焖烧锅里舀出来的，炖了大半天，还放了点广西产的罗汉果。配三明治和沙拉有点怪的，不管了，来！哦，你要不要来点红酒？家里有好多藏酒，如今都没人喝了。"立蕙摆摆手，喝着汤，四下打量起这个宽阔的后院。

树下红砖台外是一片窄长的草坪，台阶下是个不大的泳池，上面盖着墨绿的帆布，想来已经有一阵没人游过了。边上有个小小的木亭，遮盖着三温暖，在那儿游泳或泡热泉时，可以看到侧面的山谷地带和海湾一角。这时节里，各种层次的清凉色由嫩绿墨青到黛蓝，渐次远去，偶有几声鸟鸣，衬出山间的寂静，让人生出隐隐的心悸。泳池的侧边，是一栋小小木屋式的低矮平房，锦芯指着那屋子说："我爸爸生前，他们就住在那边。"立蕙顺着锦芯的手势望去，想，何叔叔的遗物大概都锁在那里面了。

"这里真是迷人。"立蕙由衷地说。锦芯苦笑了一下，说："我打算将它卖掉了。""噢？"

立蕙一愣。锦芯望向泳池，说："你没有见过它的过去。我们是 2001 年搬进来的。青青那时都还没上初中，爸妈在家里帮忙带着孩子们。爸爸从早到黑在院里干活，他那时在下边还开有一大片菜地，四季新鲜的瓜菜没断过，我的同事和朋友帮着都吃不完。可惜现在全荒掉了。这前后院的花果植物，也是我爸爸种下的，你如果走近看，花木下还插着他写了拉丁、英文和中文名称的植物名牌，给孩子们学着认植物用的。现在花木要靠请花工来维护了。那时每天一下班，车子一转过门口前面那个弯，就能听到院子里孩子们的笑声，到处都是暖烘烘的，那真是人生最美好的一段时光。当年买下这个地方，就是想，我们在美国是第一代，将来这儿就是孩子们的老家了。带了孙辈们回来，四世同堂的，多好啊！"锦芯说着，摇摇头，目光和立蕙相遇，凄凉地笑笑。

没等立蕙开口，锦芯又说："我现在每天回来，车子一进大门，时常都会害怕下车。"立蕙放下手里的三明治，难过地看着锦芯。"这山里太静了，临着海湾，背靠太平洋，雾说来就来，特别是傍晚时分，那个静，很像那种黑白老片子里弃荒了的大园子，我的眼里有时真就是满眼黑白的两色。"锦芯转过头，抬眼望着身后的房子，眼神染上了忧伤，隐隐的，似乎还带点恐惧，"这空阔会放大曲终人散的凄凉。我妈妈总是等我的车一进院子，就迎出来，问长问短。其实她应该是个寡言的人，小时候在家里，她和我爸经常可以一天不讲一句话。按美国人讲的，你可以怀疑那是有一种冷暴力倾向呢。到了晚年，你也看到了，好多了。但是，她那样天天迎等我，不是她的天性，看到心里就很难过。"立蕙轻轻地握了一下锦芯的手腕，小心地说："孩子们如果回到身边，或许就好些？"锦芯摇头，说："孩子们早点离家是好的，他们都很成熟懂事，特别独立。我就是明天离开这个世界，对他们都是放心的。唉，连生命都是曾经拥有，不用执着了。"

立蕙嚼着三明治，想着锦芯的话，有点走神。"你喝茶。"锦芯给立蕙倒了茶，递过来，然后靠回椅背上，竟有些轻喘。立蕙忙说："我自己来，你别太累了。"锦芯说："没事，我这是高兴的。"立蕙喝了一口茶，说："你看上去比我想象的好，让人放心多了。"锦芯凄凉地笑笑，说："我妈都跟你说了，是吧？"立蕙小心地点头。锦芯摇摇头，轻声说："我昨天刚拿到最新的指标，不是特别好。如今是一周透析一次，上班还顶得住。但在半年内很可能就要一周两次了，那会辛苦的，活到这份上……"锦芯摇头，耸了耸肩。

　　"锦芯——"立蕙刚要说话，锦芯马上摆手，示意她打住，说："我知道你要说什么。"立蕙没理会她，接下去说："我亲眼看到我的同事从透析到肾移植，做得很成功。现在看上去跟大家没有两样，工作，旅行，运动……"锦芯微笑着摇摇头，打断她："你说的这些我都明白。哎，别老说我，说说你自己。听我妈妈说，你先生和孩子都特别好。有照片吗？给我看看。"立蕙说："你等等。"说着起身进客厅，从钱包里抽出全家合影，回到院里，递给锦芯。

　　锦芯接过照片，专心地看着，过程长得让立蕙有点意外。锦芯将照片递回给立蕙时，说："真是好看。你先生看上去很面善，肯定特别会体贴人。"立蕙笑笑，没接她的话。锦芯又说："珑珑这孩子长得那么精神，一看就特别聪明乖巧，听我妈说他还学唐诗呢。你真该多生几个的。"听立蕙摇着头笑出声来，锦芯神情认真地说："我是说真的，我都后悔没多生两个。"立蕙听了一愣，接着笑了，说："我可没有你那么能干。我念书特别辛苦，到了考虑生孩子的时候，年纪就蛮大了。"她没有告诉锦芯，最要紧的是，她曾经是那么不能肯定，生养孩子是不是自己真实的心愿。

　　"我不是能干，是有决心。如果老大是儿子，也许我就只生一个，最多两个了。我就是想要生个儿子。"锦芯说着，手按到茶杯上，转了转。见立蕙表情惊异地张开口，锦芯有点得意地抬抬眉，说："这跟重男轻女无关。从小，我母亲就总盯牢我说女孩子要特别努力，要自立，自强，要有自己立身的本领，凡事要靠自己。

我从来没听她跟我哥说这样的话，就问她为什
么。我妈说因为你是女孩子，你要记得，如果
你将来要过得好，就不能有靠男人的念头。这
种话那时候听了特别难懂。我们那时父母离婚
是绝少的，男人女人都工作，学校里教的，社
会里宣传的，不都是'半边天'吗？身边的阿
姨都工作，谁会靠男人？所以我对我妈的强调
根本听不懂，还有点反感。后来结婚要生孩子了，
我就想，我一定要有个儿子，我要看看一个男
人的前半生是怎样的，跟我又过得有什么不同。
一口气生了三个。当然很辛苦啊，生老大时，
我还在伯克利读博，是挺着大肚子去答辩的。唉，
你没看过我哭的时候。多亏了有爸妈一路在帮
着。等年纪慢慢大了，比如今天，再想到自己
那些年的执着，其实是没有意义的。可你不走过，
就不能走出来。"

　　她又提到"执着"，立蕙走神想，一眼看
到锦芯双手抱臂，缩了缩肩膀，赶忙问："是
不是感觉凉，要不要帮你去拿件衣服？"锦芯
松开了手，说："谢谢，不用。""我给你去

添点热水。"立蕙触了一下茶壶，水还是热的，说："水还很热，你也喝点茶？"说着将茶点盒打开了，说："这日本店的茶点味道很淡，送茶很好的。"锦芯说："我如今只喝清水，让内脏的负担轻一些。"说着，给立蕙倒了杯茶递过来。立蕙呷了一口，说："这是上好的普洱呢。"锦芯开心地笑笑，说："好喝吧？是志达留下来的。他还特别爱喝功夫茶。可惜我没那耐心，也不会弄，只能给你泡茶喝，让你见笑了。他还有套很特别的台湾桧木茶台，夏天里不时招了朋友在这里一边烧烤一边喝功夫茶。后来我将那茶台送人了。"

"我听叶阿姨说了志达的事，太意外了。英年早逝，特别让人难过。"立蕙小心地说着。锦芯微微耸了耸肩，幅度很小，那姿态却有掩不住的轻慢。立蕙不愿意想到"轻慢"，却不知道该如何形容锦芯的肢体语言。锦芯随即说："你原来一直以为你乘的是一艘航空母舰，哪里晓得它会将你载到暴风眼中抛离。我妈妈这一辈子，比她的同龄人经历过更多的风浪，但是她也没有见过我这样的风浪。夜深人静时想起来，我真的很为我的两个女儿担忧。"

立蕙一愣。"你，好像在说志达？"立蕙犹豫地说。锦芯直起身收拾台上的盘盏，点点头。"他是那么出色的人。"立蕙小心地加一句。锦芯将盘子叠起来，又往立蕙的茶杯里加了水，笑着说："可惜人生是一个长跑啊！也就是说，他可以是，或者说，他就算真的是一艘航空母舰，也并不见得只有一个前行方向啊！"见立蕙端着茶杯不动，锦芯抬眉说："你喝了，要不水凉。这个故事太长了，要慢慢讲。"

"我认识志达，噢，他姓袁，是1982年春节放寒假，在北京开往南宁的5次特快上。我那时在北大刚刚读完第一个学期，对北方的干燥寒冷、食物等都很不适应，想家想得厉害。期考一完，当天晚上就上了火车。我们二中一起到京的同学，只有在北航的两个同学早早买到了硬座票，就带了我们五个同学一起用站台票混上车。火车开动前，过道里已水泄不通。我们本想大家轮流换着坐坐，可一上了车，要挪身都很难，我们给挤在车厢连接的地方。以前老听人讲'文革'大串联时火车上的惨状，我们那时，除了行李架上没躺人之外，肯定跟大串联也差不多。座位下都有人铺开报纸在睡。多亏那时年轻，一路站到郑州。那站下车的人很多，我们才可以走动起来。""嗯，你这时就碰到志达了？"立蕙试图让气氛活跃点，插了一句。锦芯摊摊手，说："嗯，没有悬念。"立蕙笑笑，说："我在广州读书，家也在那里，寒暑假高峰期不用挤火车，但外地同学很多，火车上挤出感情的，还真不少。"

锦芯看了她一眼，接着说："志达是个做事特别有计划的人，他早就去排队买了票。他和几位老乡都有座位票。站到郑州时，我们到站台上透气，志达从另一边车门下去到流动货车买吃的，这样就撞上了。他裹着一件半旧的军棉大衣，挤过来跟我打招呼，说在北大见过我。我进北大那阵，艺术体操在北京大专院校里是新鲜的时髦玩意儿，我凭小时练跳舞和体操的功夫，顺利进入校队。几次表演、比赛下来，让人有印象不奇怪。我当然对他没印象。他自报家门说他是无线电电子学系计算机专业的，又问我要去哪里。我说终点站，他一愣，说，南宁啊？那比我还远很多，跟我上车吧，大家挤挤，好歹能坐坐，看你脸都青了。我那时确实太累了，就跟去了，又叫来同学。这样一张本来坐三个人的长椅，不时挤到六七个。那时大学校园里是不许谈恋爱的,到了这时候，男女生歪头搭脑地挤在一起，感觉很奇怪。说起来真可怜，我们这代人的男女身体接触，很多竟是在这种情形下开始的。有时挤得太累了，大家就轮着起来站一会儿。但到了下半夜实在熬不住时，男生就轮着睡到座椅下，我竟也去躺了一次。志达劝不住我，就脱了他的军大衣给我垫上，我真的就睡着了，睡得特别香，这辈子都没几次。那一觉睡过后，我发现志达不在，知道他站到车厢连接处去了，心里挺感动，就挤过去陪他站了。志达告诉我，他到衡阳下车后，还得坐五六个小时的长途汽车，才能到家。他父母是地质队的，他从小就随父母各地跑，就近上学。中小学基础教育是在乡村学校和父母的辅导下完成的。我念书早，十七岁不到上大学。志达和我同年。乡村学校是混班教学的，早毕业晚毕业根本无所谓。他十五岁多点儿就上了大学，比我高一届。北大没有少年班，十五岁的志达在班上就有点神童的意思了。他的谈吐比同龄人成熟很多，让我觉得很有意思。他的脑袋很好使，反应特别快，知识面很广，说到他没去过的广西的风景，都头头是道，比我还门儿清。其实他都是书上读来的知识，但消化出来，用自己的语言一讲，好像他就是在那些地方长大的一样。随便扯什么，他都能头头是道说两句。他小时跟在地质队的父母多半在荒野地带生活，比我们更没有娱乐生活，却养成了酷爱读书的习惯。有什么就读什么，好奇心又特别重，总处在一种阅读上的饥饿状态。我爸就是个知识渊博的人，所以志达给我的印象不错，聊得很开心，让人都忘了自己站了那么久。"

"这也算是一见钟情了啊。"立蕙笑起来。

锦芯摇着脑袋，站起身来，拿起茶壶进屋里去添热水，很快转出来，将茶壶放下来，说："再泡一会儿。"她随即坐下，说："不是你想象的那样。我那时那么年轻，从小一直都在宣传队里唱歌跳舞，喜欢那种吹拉弹唱样样来得点的文艺型男生。志达跟这完全不搭界。""他长得很精神的，一看就很聪明。"立蕙忍不住打断锦芯。锦芯斜过来一眼，苦笑着说："我说的是气质。而且志达的个儿跟我差不多高，我自己个子高，所以从小就喜欢个子高的男孩子。他的智商当然没问题，能力更没问题，少年老成，给人感觉很靠得住。但年轻的时候，这些不是最重要的。所以到了他在衡阳下车时，我心里虽然也有点舍不得，但根本没有想过以后还会有更深的交往。"

故事总是这样接下去的，立蕙想着，就听锦芯又说："没想到一开学，第一天回到学校，一进宿舍，就看到桌子上堆着一堆东西，她们说是个壮实的湖南口音的男生送来的，也不肯报名字。我一听就想到了志达。他送来的有糯米糍粑、湖南金橘等。我拎了两只我们南宁的大肉粽子，找到了电子系男生宿舍，送给志达，顺便再次谢谢他在车上对我们的照顾。人就是这么奇怪，从那以后，我就经常在校园里撞到他了。有时在图书馆，有时在路上。他开始约我散步，一起自习，还不时到体育馆来看我们训练，帮大家拎鞋背包倒水的，跟艺术体操队的女生很快就混熟了。周末又一起到城里玩，或郊游爬山。我也想不出拒绝的理由，因为和他聊天总有很多新的资讯，在智力上很有刺激。你就是讲化学，他也能来几句。我们从那时起养成了一种很独特的交流方式，那就是辩论式的。那种感觉在年轻时代是很过瘾的，但我还是没有想过男朋友那样的关系。那时我在北京大专院校艺术体操赛拿了个人全能的亚军，来找我的人很多，社会活动也多起来，就不大顾得上志达了。

"直到早春一个星期五夜里，都9点多了，他来找我去散步。那天非常冷，天光很亮，感觉是要下雪了，我跟他绕着未名湖走了几圈，说实在太冷了，还是回去吧。送我到宿舍楼下，分手时，他忽然说他打算一毕业就去美国留学。——那时举国上下的出国热，你知道的。所以他这么说，我一点也不吃惊。我当时只是大一，也在想将来要去留学的。我听了就说：'好啊。'他忽然上前抱住我，说：'我要你跟我一起去。'他那天穿着寒假坐火车穿的那件半旧军大衣，我一下好像闻到了火车车厢里那种憋人的瘴气，有点儿想吐。我说：'放开我，人家看到不好。'他说：'我不管。'没等我说话，他搂得更紧了，又说：'你要做我的老婆，跟我一起去浪迹天涯。'——这话的后半句听起来挺浪漫的，前半句却那么土，我不响，想挣开。'你答应我才放开。'他说。我说：'我的理想跟当老婆无关。'他说：'但你应该当我的老婆。你是我找的那个人。'我见他没有松手的意思，就说让我想想。他才放开我，说：'好，我明天等你的回话。'

　　"我一夜没睡安稳，想到'老婆'这种字眼，心里生出鄙夷。想，明天就跟他说清楚，不要再来往了。可想到和他在一起那种快乐的交流，淋漓尽致的，有一种深度的兴奋，又有点舍不得。这样翻来覆去的，到了下半夜，外边飘起了大雪，我才睡过去。一睡睡到近午，突然被我同宿舍的女生叫起来，说：'你快去看看，那个电子系的湖南伢子，在楼下的老槐树下站了一个早晨了！早晨飘雪的时候就来了，现在还没走，跟他打招呼，他说是在等你。'我一听就跳起来，披了羽绒服冲下去。志达果然站在楼旁正对着楼梯入口的一棵老槐树下。那时雪已经小下来，四周一片洁白，风还很大，呼呼的。他的羽绒服都湿了，脸冻得通红，流着鼻涕，一动不动地站在雪地里。我说：'你这是怎么回事啊？'他说：'我昨晚不是跟你说了吗？我一早就来等你的回话。'他嗡嗡地说，也顾不上揩鼻涕。我一下就急了，说：'你怎么这么傻？你这是干什么？'他说：'精诚所至。'我说：'如果我不答应呢？'他抹了把脸上的雪水，说：'那我就站在这里，直到金石为开。'"立蕙听到这里，身子哆嗦了一下。"我再也说不出话来。"

锦芯完全沉浸在自己的回忆里。"就这样，我们成了男女朋友。那时都想好将来要去美国了，对不许谈恋爱的校规不再在意。而且北大校风也就那样，那时双双对对的也多了去了。同学里议论起来，都觉得找了个神童，挺神的。同宿舍的女生跟他就开始混起来了，他知识面的广阔，跟她们熟悉的理科男生非常不一样，她们都很喜欢他来。到他毕业的那个夏天，他已拿到伯克利加大的录取通知，也签好了学生签证。我跟他回了一趟湖南家里见了他父母。在去衡山游玩的路上，有了第一次。"

立蕙一愣，心想：都不到二十吧？就看到锦芯摇摇头，表情里有些厌恶的样子，说："那时我们都不到二十。那种感觉特别不好，是在一个很破很脏的乡村客店里，非常懵懂仓促。门外有野狗在狂吠，我还看到了黑乎乎的蚊帐顶爬着一只大得不可思议的蜘蛛。我哭得很伤心，也很恐惧，有一种很不祥的预感。在我们那个时代，这就意味着没有回头的路了。这种经历，今天跟我们的孩子们怎么讲得清？这样，

他大学一毕业就来伯克利加大，我大学一毕业
也来了，结婚的时候，刚满二十一岁。这种初
恋导致的婚姻，因为抽芽早，养分不足，更容
易滑入平淡。当然，如果无风无浪，以志达这
样的智商和能力，我们交流上又没有问题，像
美国婚姻专家讲的那样，一起有意识地将婚姻
当成一个工程项目来'Work（做）'，是可
以过下去的，不会比大多数家庭的婚姻质量差。"

　　"家里是你说了算，对吧？"立蕙问。锦
芯皱起眉，想了想，说："表面上看，是的。
但你从我前面讲的，应该看到了，他是那种有
很坚韧内核的人，很执着。那时家里样样都是
我安排，志达只用上学、上班。我们连生了三
个孩子，夜里不曾让他起过一次夜。那时我们
住在伯克利小小的学生家庭公寓里，他先毕业，
到硅谷上班，爸妈带着孩子，我们挤一间，厅
里也搭了床。为了他能睡好，好有精神上班，
就让他自己住一间。""志达的父母没来过？"
立蕙问。锦芯说："我们上学时来过一次，但
探亲签证到期就走了。他们总说不习惯，等我

们安定下来，志达再想请他们来，他们怎么也不肯来了。地质队退休后，就住在衡阳了。孩子们回去看过他们，今年夏天还打算送他们去。"

　　我毕业工作后，我们在离我公司比较近的红木城买了房子，日子安定下来，又生了老二老三。像美国中产阶级那样，早出晚归，背个三十年的房贷，每年全家出门度假看世界，等着将孩子供出大学，然后体面退休。其实全世界移民的美国梦，内容不就大致如此吗？跟志达再聊起，都觉得有种失落，却理不出个头绪。后来就到了1998年，硅谷最繁荣的时刻突然来了，互联网的概念热得沸腾。我极力鼓动他离开了原来所在的惠普研究中心，加入做网络路由器的'湾景网络'。""啊，他在'湾景'工作过？"立蕙忍不住叹出了声。在互联网荣景时期，"湾景网络"是硅谷最红的公司之一，对当时硅谷"一天产生六十八个百万富翁"的神话做出的贡献功不可没。

　　"是啊。"锦芯冷笑了一声，又说："'湾景'当时只剩不到半年就要上市了，公司在上

市前趁机扩招。当时市场太好了，上市后股票
的吸引力就大幅下降，找人就难了。华尔街不
仅要看你的业绩——其实那时业绩根本不重要
了，所谓泡沫化了。还要看势头，基本是炒概
念，所以人头数是个重要指标，标示着发展的
可能。志达就算那么晚才加入'湾景'，他们
股票期权给得也很慷慨。以志达那样的资历，
四年六万股的期权股票。这你很明白的，对
吧？六万股分四年兑现，员工的前途跟公司命
运绑在一起。我当时跟志达说，人家都是去搏
当百万富翁，你要搏的就是几十万，让我们把
房贷付清了，你就去做你喜欢做的事情。他那
时在惠普研究中心有很深的瓶颈，做的项目除
了写成论文发表，报个专利，被公司实际采用
的很少，跟他心里的期待有很大落差，常常有
浪费生命的感觉。'湾景'的故事你是知道的
了，那是我们绝没想到的。它一上市，最高冲
到了两百多美元一股，还分了两次股。"立蕙
在心里很快一算，就算因互联网泡沫破灭，没
有全部拿到最高点的价位，志达在"湾景"的

税后股票收益也至少拿到了差不多四千万美元左右。立蕙心下惊叹，忍不住回头又看了看身后的房子。

锦芯喝了口水，说："这个地产是我们当时花了四百多万买下来的，将原来一层的老房子推倒了重建的。我后来才知道，如果你不具备把握金钱的能力和智慧，你真的就不该拥有它。按我妈常念的《圣经》里的话，那就是：'你有的，还要给你更多；没有的，连你有的也要夺去。'"

锦芯看着立蕙，自我肯定地点点头，说："我是看着志达变的。他其实不明白，我们获得这么大一笔财富，完全是靠的运气，而不是我们真的做了什么——除了选择。在那种特殊的情形下，其实不管你选什么，胜算的可能性都挺大的。所以我说是运气。"立蕙笑了，说："话也不能这么说，这还是要眼光的。"锦芯摇头，说："这跟一步一个脚印，凭自己的努力和实力挣来的，还是很不一样的。这样，志达在湾景待了几年，拿完期权股票——当然，最后那一年多，互联网其实已经泡沫化了，股价下了很多，但他还是等着拿完了股票，就辞了职，想自己创业。手里有钱了，志达就在家里弄了个基站，自己做研发，一边等机会。可那时硅谷已是哀鸿遍野，创业环境特别差，你看，到今天元气都没恢复过来。志达就这样耗了一阵，突然时兴海归了，很多朋友纷纷回国创业。志达也认定，拿了自己的创意和资金，可以随海归大潮回国闯一番新天地。志达确实是个很主动的人。他开始是两边飞，主要还是回国讲学，一边跟人在深圳、珠海先后合作弄了两个小公司，都无疾而终。他总结原因，说是因为自己没有坐镇指挥，导致公司运作无序。到了2007年秋天，他说时机成熟了，将一家老小甩手一丢，说走就走了。"

"你没想过跟着回去？"立蕙问。锦芯的目光看向山间，停了一会儿才说："我那时在公司里领着一个研制团队，做一种前景非常看好的抗乳癌新药，做到了申报 FDA（联邦食品药物管理局）第二期临床实验的阶段，非常紧张，恨不得二十四小时连轴转。我非常喜欢我的工作，甚至可以说是热爱它的，当时是不可能离开的。我们的孩子就是那时候开始一个接一个送到东部昂贵的寄宿学校去了——有钱了嘛！"锦芯凄凉地笑笑。

"海归要创业成功其实很不容易的，等于一切重新开始，志达很有勇气。"立蕙说。锦芯想了想，说："志达那种人，最不缺的大概就是勇气。那种乡野里长大的孩子，思维方式跟我们是完全不一样的，因为 Nothing to lose（无所损失），我在那之前竟然没看出这来。过去是苦于没钱，又有养家的担子，这下手头一下有了那么多钱，真的感觉 the world is my oyster(世界是我的一盘菜) 了。他自己先掏了四十万美金，很快在中关村弄出了个十多人的团队，亲自出任 CEO，不像过去在跟人合作的两个小公司里那样只做技术副总了。一当真投进去，很快就搭起了个图像处理芯片设计公司的架子。他的算法比同行的简捷，生产成本就降下来了，而且在国内相关产业口的关

系也跑得挺顺，签了几个重要合约，顺利找到
风险投资，公司的估值直线跃升，估计两年内
就可以上市。"

　　立蕙看锦芯的气有些急起来，忙说："你
看上去有点累了。要不要进屋去，到沙发上靠
靠？"锦芯走着神，没有回应。立蕙又问了一句：
"要不要进去休息一会儿？"锦芯才回过神来，
点点头。

四

　　立蕙帮锦芯收拾了茶具和盘碗，跟在锦芯
身后往屋里走去，感觉锦芯的步子有些飘。回
到起居室，落座到沙发上，立蕙给锦芯倒了杯
热水，递过去。锦芯说："这花真香啊！"立
蕙循香气看向茶几上的百合，发现原先合着的
花苞微开了，馥郁的香气阵阵飘来。锦芯坐在
对面的单人沙发上，低下头喝水，神情有些悲戚。
立蕙轻声道："说这些往事让你伤心的。""别。"
锦芯打断她，说，"我没有机会跟人说这些的，

我很愿意跟你说说，如果你不介意的话。"

"我当然不介意啊。"立蕙忙说，"只是，我想问的，你今天回头看，是不是后悔让他回去了？"锦芯放下杯子，眯了眯眼睛，有些犹豫地说："这很难。让或不让，在这里其实是伪问题。"

"听叶阿姨说，他后来就生病了，创业是非常辛苦的，真让人心痛。"立蕙小心地说。锦芯靠到沙发上，目光直视前方墙上的那幅画，哼了一声，说："他的辛苦还不在那种地方。嗯——"锦芯一个停顿，侧过脸来看着立蕙，想了想，又说，"立蕙，他——"立蕙注意到锦芯的嘴唇有些白了。她屏住气，就听得锦芯说："我从来没有告诉过任何人，包括我妈。志达死前，其实我们已经在闹离婚。"

立蕙一下坐直了身子。锦芯盯着她，说："当然是他提出来的。这种事不新鲜，是吧？我恨的就是这种不新鲜。"锦芯紧接着冷笑了一声。立蕙点点头，又摇摇头，说："海归圈里的这种故事确实不算少了，可你说的是志达，这——"

锦芯打断她，说："永远不要相信自己会是那个例外。Why not him（为什么不是他）？世世代代，这恶俗的世界，恶俗的人生。"立蕙心下一个"咯噔"，不敢看锦芯的眼睛。

"过去他们总是说海归如何全军覆没，回去一个倒一个，我完全听不进去的。不是身边没有这样的人和事，而是太多了。那些家伙离开中国十几二十年，在美国这种上班夸夸女同事衣着漂亮，只要语境语气稍有偏差，就可能被告发是性骚扰的国度待傻掉了，回去面对一个没有底线的花花世界，你能期待什么？但我以为我认识的志达不是'他们'。那个雪地里精诚所至的书呆子，三个孩子的父亲——按美国人讲的，这真是 blood and flesh（自己的血和肉）了，他怎么可能会那样？而且他之前跑来跑去，几年下来平安无事，也证实了我的想法。但它还是发生了。你猜他怎么跟我说的？他说：'这并不矛盾，在我说"精诚所至"的时刻，我是真诚的，你不能亵渎我的真诚。但是，我现在改变了，并且向你承认，也是真诚的。

你知道吗？靠经营维持的一切，是反自然的。'立蕙，你听清楚了吗？"立蕙屏着气，紧张地点点头，又听到锦芯说："老实说，作为一个科学家，理智告诉我，他是有道理的。你也是科学家，我想你也会同意他的话的，是吧？""可婚姻是社会的，而不是自然的。"立蕙很轻地说。锦芯点点头："好像研究说女人更社会化些？"

"是公司里的年轻女孩子吗？"立蕙小心地问。

锦芯的手在沙发扶手上拍了拍，说："办公司的跟公司里的小女孩；回大学教书的跟自己的女学生——这种戏太平常了。他喜欢的是个小歌女。一个在广州混世界的广西侗族小歌女。"立蕙倒抽了一口气，瞪了眼睛等她的话。"小歌女是我叫的，按国内的讲法，是歌手。签了个小经纪公司的无名歌手。两人在北京飞广州的飞机上邻座，那是2008年底的事了。他说，小歌女一上来就给他似曾相识的感觉，一问，原来是广西人。两人一路聊得很投机很开心，让他想起了年轻时代。"——立蕙心下

一酸，想象着当年在郑州站台上搭话的年轻的志达和锦芯，忍不住去看锦芯。她们的目光短暂交集，又快速躲闪开来。

"他们下飞机前交换了电话号码，第二天他开完会，给她电话请她出来吃饭唱歌，夜里就领着小歌女回了酒店，这些都是他后来告诉我的。"锦芯的声线非常平，情绪似乎平静下来了。"那时已近圣诞，他从广州开完会，按计划就要回来过节。可一泡上那小歌女，就在广州挪不动身了。飞到旧金山时，已经是平安夜里，老人孩子们都在等着他吃团圆饭。满屋红绿金黄的装饰和灯光，壁炉也燃上了，孩子们闹到都闹不动了，趴在沙发上叹气。志达进门的时候，我发现他的脸色是青灰的，脚步发飘。全家人非常震惊，都说这 CEO 干得太苦了。他勉强撑到吃完饭，坐在沙发上跟孩子们说着话就睡过去了。第二天一早，孩子们早早起来等着开礼物。我爸妈心疼志达太累了，硬压着孩子们不让叫醒他。他一觉睡到黄昏才醒过来，孩子们很乖，就真的那么等着。就这么着，圣诞一过，他就告诉我，公司的事很多，项目要赶在工信部新年假期后的一个会议前出来，他不能在家里过新年了，马上要赶回北京。孩子们非常失望，但我没有阻拦，取消了全家坐游轮去墨西哥的旅程。直觉告诉我，某种重大的事件发生了。要判断是被工作累坏还是被床累坏，并不需要很高的智商。"

"送他上飞机回来，就是在这里——"锦芯的目光很快地在起居室里扫过一圈，"青青等着我。我爸妈带蓝蓝和渊渊出去看电影了，青青找了借口留下来。那时她刚上高三，比我和她爸都高了。""嗯，青青很漂亮，很像你小时候。"立蕙由衷地说。

锦芯笑了笑，目光柔和起来，说："很懂事的。她那天一见我进来，就问：'你和爹地是不是离婚了？'这话让我特别吃惊，问：'你怎么这么说话？'青青说：'你们这样两地分居跟离婚有什么不同？'我说：'爸妈都很爱你们，为了你们，我们绝不会离婚的。'青青叫起来：'听明白了，我也很爱你和爸爸，当然不希望看到你们离婚。但最重要的是你们要幸福，而不是为我们活。我们都要长大离家的，最要紧的还是你们要开心地过你们的生活，而不是仅仅为了我们。离婚家庭里长大成千上万的孩子，离婚不是世界末日。'我说：'你怎么会这么想？'青青说：'我在跟你对话，妈咪！我不是孩子了。你看到爹地在家的这几天吗？我觉得他的心已经离开这里了。你也很不开心的样子。我当然希望你们能像外公外婆那样平静而完美地过到老年，一起跟我的孩子玩。但如果不能，我也很理解。蓝蓝和渊渊也会理解的，我们是美国孩子，你不要忘记了。我们对你们的爱绝不会改变。'青青说到最后，我们抱在了一起，都哭了。她说：'你和爹地都挺可怜的，只谈了一次恋爱就结婚了。'我知道，我跟青青她们无法解释自己，包括她外公外婆的一生。她们情窦初开时，受到社会影响最明显的一点，就是认为爱、性、婚姻是可以分开的。她在十六岁时就已经结束了初恋。这样年轻的孩子，当然还不可能明白每一代人都有自己的负担和道路的。她哪里知道外公外婆这一生是怎样过来的？”立蕙安静地点点头，鼻子有些发酸，想了想，说：“我相信，等有了足够的人生经验，比如到我们今天这样的年纪，她们也能理解的。”锦芯很深地看了一眼立蕙，又说：“我们在中国长大，从来不可能有机会，也不可能跟自己的父母讨论这种问题。所以青青能那样跟我谈话，我还是很感动，也觉得很安慰。”

“也许青青的话让我有了某种不祥的预感，我那天竟鬼使神差地翻看起家庭基金账户的报表。家里的事虽然多是我打理，但投资和报税这类财务上的事情，却是志达打理的。我那天跟青青说完话，就上网翻查了几个账户。一下就看到家庭基金账号有五万美元在圣诞节前划了出去。我当即给账号经理打电话。那经理接到我的电话非常吃惊，说是接到志达电传过去的有我们夫妻双双签字的转账授权书后，按我们的要求将钱划去中国银行。过去志达转钱去中国投到公司里，都是通知我签字的。这回他是冒充了我的签名传去的授权书。我没有告诉账号经理志达假冒我签名，这在美国是犯罪行为。我只请他将授权书复印一份传给我，我说我最近财务上的事挺多的，可能忘了。"

"那钱？"立蕙忍不住问。锦芯冷笑一声，说："是志达跟那小歌女混过第一夜之后开出去的。""一夜五万美元？"立蕙轻叫起来。锦芯说："Well，你要这么说也行。志达是这么说的，那女孩子有天赋的歌喉，又冰雪聪明，却身世可怜。年纪小小母亲就死了，爸爸到贵州矿上打工，又娶了当地人做老婆，常年不回老家。小歌女给丢在三江侗族自治县的乡里跟奶奶相依为命。她们的寨子离那著名的三江风雨桥很近，小歌女就常随奶奶到桥边景点卖点甘蔗、烤红薯之类。她会唱歌，很能吸引游客，有时人家围上来，点啥她唱啥，所以生意挺好，在那一带大家都晓得她。快初中毕业时，给原来柳州地区歌舞团的一个老师看到了，说她嗓音特别好，鼓励她去考艺校，说将来说不定能成宋祖英第二呢。那老师给她寄资料，帮她推荐、联系。她还真考上了。那老师又为她申请到少数民族学生的助学金，她真的就到南宁去读艺校了。念艺校时，在南宁国际民歌节上，真被经纪人签了，带到广州发展。碰到志达的时候，还没有起色。没红起来的艺人，都是吃了上顿没下顿的。在广州那样的花花世界，有姿色的小女孩不想辛苦工作又要吃好穿好，那要干点什么，可以想象。志达跟小歌女第一夜之后，就提出了要她随了他去北京——他当然不会说是包养她，他说要供她上音乐学院，去当真正的歌唱家。小歌女一听，就说，她有契约在身，提前解约要赔款的。小歌女报的是二十万人民币的解约费。那五万美金，就是志达开给那小歌女的赎身费。你说，这不是青楼吗？赎身费都出来了！"

"志达就是为这女孩提出离婚的吗？"立蕙犹豫地问。锦芯苦笑，说："他开始的计划应该不是要离婚。他最理想的图景是，我带着孩子住在美国，他在中国跟小歌女一块儿过。但是这种事瞒得住吗？新年过后，安排好公司里的项目，我飞了趟中国。整个熟人圈子里都知道了志达跟中央音乐学院小女生交往的事——他已公开带着那小歌女出入社交场合。听起来，他们对小歌女的印象还很不错呢，说漏嘴时竟会对着我讲，你们广西的女孩都很漂亮懂事。他们还跟我讲，这里出来交际带的女人，基本不会是太太。这点跟美国不同。与其带不三不四的小姐，有个固定出场面的女伴，算是好的。我到的时候，志达已经帮小歌女花钱跑通了关系，上中央音乐学院进修声乐的事弄妥了，说过了春节就要上学去了。大家觉得，这还是个蛮正经的孩子啊。

"出乎我意料的是，几乎可以说是没有什么阻力，他就将事情全都说了，非常镇定，显然是有思想准备的。老实说，看到他有问必答，对哪怕是很尖锐，甚至是让人难堪的非常个人的事情，都没有回避的时候，我还有点感动，觉得大概真像他说的，我是他最可信任的。

"那次谈话是在我们北京棕榈泉家里的客厅。志达平时在西边中关村那边，不住在家里。一切都是我上一次回去的样子，连浴室里的毛巾都还扎成我上回离开时的式样。说明他还懂事，并没有把小歌女带入我的领地。当时已近黄昏，窗外暮色四合，远处是朝阳公园飘起白雾的湖面。让人想起很久以前在未名湖散步的那些黄昏。有一个瞬间，我感觉意识非常模糊，不知自己是在哪里。我好久都反应不过来，当年那两个在乌烟瘴气臭气熏天的5次特快上相识的校友，怎么会面对面坐在这个装饰风格夸张豪华的大厅里？"——而且是两个留美博士，立蕙心下想着，苦笑着挪了挪身子。"你是不是觉得我像是在谈别人的事情？"锦芯问。立蕙有些犹豫地点点头，说："有一点儿。"锦芯转过头去，自语般地说："我当时当然不是这样的。我说了很多我过去从来没说过的语言，做了很多我从来无法想象的事情，我变得都不认识自己了。我那时每一天都在想，能不能有一种休克疗法，让志达一觉醒来，就彻底忘掉那个小歌女，或者失去某种功能。"立蕙听得难过，忙轻声说："你好像都想到要动刀子了。"锦芯轻轻一笑，说："化学家哪里需要动刀子呢？

哎呀，你看我扯到哪儿去了。"立蕙摇头，说："你是够坚强了。"

锦芯苦笑了一下，接着又说："志达一改过去的朴素，穿着鲜艳花哨的毛衣，笔挺的裤子，锃亮的皮鞋，虽然还是平头，但头发抹了很多发胶，看上去就像个不入流的小品演员。他是最恨逛商场试衣裳的，一身上下无非那小歌女的品位。好在那副眼镜还在，眼镜后面那双眼睛也还是有点内容的。我只能盯着他的脸，对话才能进行下去。

"我最后问了 Why（为什么）？他说他没有答案，就像他当年大雪天里想要到我们宿舍楼下等我的回答一样。我没想到，我一下就从沙发上跳了起来，我说：'你怎么可以这样类比？'他说：'我在说实话。'然后他说：'我真是觉得那女孩天赋异禀，身世堪怜，真的很愿意帮助她走出一条路来。'这一听就是胡扯出来的借口。我打断他。他说：'还有一点，就是跟她在一起特别轻松。'你知道吗？我们过去总是小看那些将生活内容当成生活意

义的人，其实他们可能是更对的。我说：'你
少废话，这不是谈哲学的时候，你就老实告诉
我，是不是因为身体的吸引？'——我没有说
'性'。他先点了点头，说：'这是非常重要
的一点。'他想了想，又说：'坦白地说，我
从来不知道性可以这么美好，可以这么享受。
人一生如果不曾有过这样美好的经历，真是悲
哀的事情。'——他说到这时，咬住了嘴唇，
脸看上去都扭曲了，好像在忍着不让自己哭出
来。我完全失去控制，叫了起来：'你在为我
感到悲哀吗？'他点了点头，说：'为我们。'——
我啪地一个耳光就抽了上去，他一躲，歪倒在
沙发上。我转身拿起茶几上一只从威尼斯扛回
来的五彩玻璃大花瓶，朝毛毯外的木地板上摔
去，一下满地五颜六色的碎片。我在它们中间
看到了湖南乡间肮脏客店里黑乎乎蚊帐顶上的
那只黑蜘蛛，听到了夹杂在狂吠的犬声里我那
压抑而悲切的哭声。我是悲哀的，从一开始就是。
可是我以为，我们一起拥有着更重要的东西：
青年时代的同舟共济，中年的儿女身家，事业

前程，这些归到哪里了？我转身奔向墙边一座木雕，却被志达从身后紧紧抱住，把我生生拖到沙发上。

"我不知自己哭了多久，哭到像要气竭了，停下来的时候，窗外的天完全黑了。志达给我拧了温热的毛巾过来，说：'我们之间，总是说事实的，没想到事实伤害了你。我真的对不起。'——你看，他是为事实伤害了我而道歉的。最后他说，我是他的亲人，家人，从一开始就是这样的，也从来不会改变。他希望家不破。'以我们的智慧和智力，一定可以走出一条路。'他又说。"

锦芯沉默了片刻，又说："谢谢你肯听我说这些。我也常常会反复自问，到底是在哪一步出了错，最后走到了这里呢？"立蕙想了想，说："我总觉得，你跟他一起回去，跟在他身边……"锦芯耸耸肩，说："太多的也许。我是不可能回去的，我在这里有自己非常喜爱的事业，有孩子们，有爸妈。现在想，最合适的选择，应该是我们和平分手。"

"也许我问的是个不该问的问题，你怎么看你们之前的关系？"立蕙小心地问。锦芯苦笑了一下，说："不会比百分之八十的夫妇差吧。但我有时想，我们关系中最特别的，就是我们不知不觉养成了一种竞争的关系。凡事都是客观，要讲道理，彼此争议，不依不饶。如今想来，真是很累人。可哪一种关系会没有问题？你温柔，可以说你没主见；你上进，可以说你没女人味；你会做饭，可以嫌你没上进心……没有答案的。除非像我们父母那一辈子，借着外界强大的压抑气场，一路滑行到老，倒也就好了。"立蕙听了摇摇头，说："就算是那个时代，最后要走出来，也还需要智慧的。"

锦芯一愣，面色有些哀戚，说："你是对的。嗯，整个 2009 年，我不停地找机会出差，调假，一有机会就飞北京，唯一的目的就是要让志达答应不跟小歌女再来往，这当然没有成功。我后来再不愿见在北京的同学了。"锦芯说着，吐了口长气。立蕙想了想，问："你找过那个小歌手吗？"锦芯摇摇头，声音高起来："当然没有。Never（永不）。我是一个有自尊的人，家里出了这样的麻烦，是我自己跟先生之间的关系，我们自己要解决。但志达变得顽固，远远超出了我的想象。直到我跟他说，如果他不能尽快跟小歌女了断，他冒充我签名转账的事就会被告发。这意味着他在美国有了犯罪记录，将来会有不尽的麻烦。我这么一说，他就表示，那只能提出离婚了，了不起就是不再回美国了。"

"他没有入籍，只持了绿卡，也就是放弃在美国的永久居留权而已。我说：'连孩子们也不要了吗？'他说：'孩子们可以来中国看我，等他们长大了，他们会明白的，就像你如今更能理解自己的父母那样。'到了这时，我问他有没有回旋的余地呢？他说：'到了这一步，就这样了。'我退了一步，说我可以再不提冒充签名的事情。他又说：'也不能再反对我继续资助小娜。'——这是那个小歌女的名字。这'资助'的含义当然非常复杂。这事就僵起来。"

"接着，他就开始生病了，特别奇怪的病，

也查不出原因，就是拉肚子，反复感冒，整个人不断消瘦。开始他紧张得怀疑得了艾滋。人一生病，小歌女慢慢就人影都不见了。这是对他的另一份打击。最后只得回到美国来治疗，可惜美国也没有能救到他——已经太晚了，器官衰竭了。"说到这里，锦芯转过脸去，从茶几上的纸巾盒里抽出纸巾，低了头轻轻地擦着眼角。慢慢地，她的双肩开始抽动，发出压抑的啜泣声。立蕙的眼睛也湿了。她起身去倒了杯水，走过来递到锦芯手里，轻轻地拍着锦芯的肩，直到她安静下来。

"那么，志达到底得的是什么病呢？"立蕙看着锦芯，忍不住问。锦芯苦笑了一下，说："该做的检查都做了，医生说可能是病毒性感冒，加上工作太累，免疫功能下降。"立蕙摇着脑袋，没有再说话。

"谢谢你听我这些事。总要有个人知道才好，也许我哪天不在了，你帮我记住它，有机会，当然，我希望你永远不必，我是说有机会，等我两个女儿大了，适当的时候可以告诉她们。

当然这由你决定。"锦芯又说。立蕙心下一惊，赶紧打断她，说："看你说到哪儿去了。你要活得好好的，会好的，最糟的已经过去了。听叶阿姨说，你在 UCSF（旧金山加大医学院）移植中心排队。我有个同事就是在那儿做的，非常成功，如今生龙活虎的。"锦芯凄凉一笑，说："谢谢你的安慰。"停了片刻，又加了一句，"多亏有你。"

趁锦芯起身去洗手间的空档，立蕙去厨房烧了一壶热水，待锦芯回来，两人坐定，安静地喝了一会儿茶水，立蕙注意到锦芯看上去有些累了，便说："你该休息了，我也该告辞了。"锦芯摆摆手，笑说："我不累。跟我不要这么客气。""我晓得你家里周末杂事肯定很多，我不能占你这么久。""哦，你还没到楼上看看呢，我带你转转吧。"

立蕙起身跟在锦芯身边，缓步走看起来。她这才发现一层还有自成一体的两居室带卫生间的客房。主人家的所有卧室都在二层。立蕙随锦芯走上楼梯，在二层里穿行，看到一扇扇的门被推开，孩子们的房间都很宽大，每间房都有一套自用的卫生间；各人墙上不同的招贴画，桌上柜上的摆设，标示着各自的性格；相同的是每一张床上都罩上了厚重的布罩，感觉真是一个个空巢，立蕙心下觉到凄凉。"叶阿姨现在也住在这里吗？"立蕙轻声问。锦芯随手推开一扇门，说："我爸走后，她就搬进来和我住了，这就是她的房间。"

门一打开，立蕙第一眼看到的就是靠窗宽大书桌上那些各号毛笔、砚台和墨水。靠墙叠放整齐的那些写满毛笔字的纸张。"叶阿姨在练字？"立蕙想起叶阿姨说，当年在桂林，叶阿姨就是去跟锦芯爷爷学字的，忍不住趋前去看叶阿姨的字。

锦芯走到桌前，翻开一沓纸，说："不能说是练字吧，就是没事就抄《圣经》。她说这比只默读更容易专心。走过她的门口，最常见到的就是她伏在台前写字的背影，很安静。你看，都是小楷。"立蕙看到叶阿姨抄写在报纸上的小楷，笔画极是细腻流畅，一丝不苟，一看就不是一日之功。"写得真好！"立蕙叹道。又蹲下身去，翻看堆在地面的那些叶阿姨的墨迹。断断续续能读出《马太福音》《哥林多前书》等中的字句。她想起那天叶阿姨跟她说的："它能让心静下来，特别是心情不好的时候，一直写一直写，那些烦恼好像真的能随那些黑黑的墨迹流走。"

锦芯也蹲下来，跟着立蕙随意翻看着，又说："你看，多节省，买了好纸都不舍得用，都写在这些报纸上。我妈不像我爸，我爸是植物栽培专家，喜欢种花养草，栽果树弄蔬菜，一天到晚在院里忙个不停。我妈很静，过去主要就是弄孩子。按说她英文好，比一般中国老人的天地广，可以去老人活动中心跟中国老人打麻将，旅游；也可跟说英文的老人家打打桥牌，跳跳交际舞，可她都不感兴趣，有限的社交就是周末到教会去。她一辈子都是不大合群的。过去在农科院，连邻里都不怎么来往，老了就更难改了。"

立蕙和锦芯一道站起身来，这才注意到房

间里除了桌凳外，就只有一张床，一个小矮柜，一张单人沙发。靠在沙发边的小茶几上，整齐地码着些书报。四面墙上一片米白，唯一有色彩的，是床前铺着的一块长方形布质垫子，上面是褪了色的粉红嫩绿浅橙淡蓝各色图案。布垫顶头的图案是个装饰着橄榄枝的方框，上面写着"HOME（家）"，下面顺次列着"1"到"9"字样的各色方块，每个数字方块里是相应数目的猫、狗、糖果、草莓、冰激凌、香蕉等。立蕙知道，这是孩子们小时候用来学认数目的，如今铺在叶阿姨的床前。

"叶阿姨是基督徒吗？"立蕙轻声问。锦芯的表情有点迟疑，说："她是的吧，这是她晚年的依托。我是这样想的。这对她很好。"立蕙点头，说："那真好。哦，听说你爸爸的毛笔字也写得非常好。"锦芯显然很吃惊，说："是吗？我从来没见我爸写过大字，但他确实写得一手非常好的钢笔字，草、行、楷都很漂亮，所以他写毛笔字应该也会不错的。我妈若是在他活着的时候开始练写字的话，他倒真可能也会跟着练起来。"

立蕙不响。她现在明白那是不可能的了。就像她自己母亲的那一手好字——叶阿姨口中的一手好字，是再也不会出现了。那个断裂的一刀，由她的出生划开。锦芯说："说起书法，我爷爷那才是写得好。有几幅留下来，我哥刚拿回国重新裱了，还放在他那里，下次来给你看看。"说着，锦芯拉上了叶阿姨的房门，示意她走向走廊另一头的主卧室。

主卧室在房子二层的东头，不规则的室内结构，比立蕙想象的空阔，以至让面对着外面宽阔阳台摆放着的那张阔大高架床都显出了小。也许是自幼生活条件导致的心埋习惯，立蕙总是觉得紧凑的卧室空间能给她更温暖更安全的感觉。好在这卧室的墙面刷成淡姜色，带着暖意。立蕙注意到，跟其他铺着地毯的卧室不同，主卧室跟一层大厅一样，铺的是深色木地板。锦芯弯腰正了正床前的那块小毛毯，说："志达对地毯过敏，所以这卧室必须铺木板。其实我更喜欢地毯，特别是卧室，会感觉很温馨。"

立蕙听到锦芯这样自然地提起志达，那口气和语句的时态，都不像是在讲一个故世了的人，更不像在说离世前已跟自己闹离婚的亡夫，心里就有点难过。她想，若锦芯不提，外人单从这房里的摆设看，还真是不容易看出那个曾经的男主人的存在痕迹，真是阴阳两隔，却交割两清了。

　　"唉，我如今对粉尘和花粉也过敏得厉害，有时都担心会哮喘。"锦芯轻叹出一句。立蕙注意到墙角立着的湿气喷雾器，小心地说："这跟抵抗力下降有关系，要尽量多锻炼。"锦芯点头，没有回话。

　　主卧室里的家具也不多，两三个高低不同的大小柜子和那张漆成深色的竹木结构的床架一样，清一色的东南亚风格，带出异国风情。大床对面墙面有一个壁炉，壁炉上方挂着一幅大唐卡，唐卡上的棕红金黄，令人眼睛一亮。壁炉边的小空间里有一张低矮的小型工字格红木罗汉床，床面的一侧堆了很多中英文书本和报刊，几只绣花的靠垫，茶几搁着两台手提电脑。

它的对面有一个镶在墙面的电视屏幕。

立蕙看到靠墙矮柜上放着一些小镜框，凑近了一看，都是锦芯和志达年轻时代的旧照。两人相拥在邕江桥头、未名湖畔、颐和园、伯克利钟楼前的草坪上、金门大桥下。照片里两个年轻人，一般高的个儿，瘦削挺拔。样式简单、色彩乱搭的廉价衣装在身，亲昵地相依着，一脸的单纯，笑得无所拘束。立蕙看得都有点眼眶发热。她跟智健是在美国的校园里相识的，他们认识的时候，已经没有锦芯他们这般天真了。她和智健的第一张合影是在圣地亚哥的海滩上拍下的，他们在那个夏天的笑容是温和的，明显地已经有了成熟的味道。柜子的边上是锦芯抱着襁褓中的孩子和志达的合影。照片中年轻得带点稚气的锦芯剪着短发，大概是烫过了，一个浓黑的大波浪遮住了她的前额，她微笑着低头盯着怀里一袭粉色婴儿装的娃娃，侧看的眉眼里流出来的全是柔蜜。那一点朱唇上，有着闪光灯打出的一点高光。戴着眼镜、留着小胡子的志达紧挨着她，目光的焦点完全锁定在娃娃脸上，笑得有些憨。立蕙看着照片，忍不住说："这张照片真好看！抱的是青青吧？"锦芯站近了，拿起相框看着，很轻地叹了声，说："是青青。"立蕙听到那声音有些变了。锦芯将相框放下，朝她淡淡一笑，眼睛红了。

立蕙随锦芯很快地看过宽大明亮的浴室、衣帽间。浴室外面挑高的顶层和透明天窗下，长形大镜子下的化妆台上收拾得很简洁。立蕙在心里想，这样的清素简单，真不像通常住豪宅的女主人的风格呢，就笑了笑，一眼瞥见化妆台边上有个迷你小冰箱，上面放着大小不一的好些药瓶，那笑立刻就收住了。

向门外走去的时候，立蕙注意到大床边是一扇通向阳台的玻璃门，隔着内层的纱门，玻璃门敞开着，厚重的沙色暗花门帘半开，有干爽的风吹进来。从里面看出去，阳台上靠门处有棵高大的盆栽玉兰花。

"你种了玉兰？"立蕙轻叫了一声，兴奋起来，走过去朝门外看。"是啊，这花儿在我们南宁多好长啊！你记得吗？农科院差不多每栋宿舍楼前都有一两棵，能长几层楼高，夏天花季里一开，那个香啊！"锦芯说着跟了过来，又说，"可加州太冷，在外面是种不活的。我爸在时，就将它屋里屋外搬进搬出地娇养着，现在就放我这里了，天凉了就搬进来。你看它长得多好，真会开花呢！"立蕙和锦芯两人隔着纱门，安静地看着那棵站在阳光下的壮硕的玉兰。绿油油的枝叶在微风下不时摇动起来，露出一些青白细长的花苞，两人一时无话。

立蕙离开的时候，和锦芯一块儿出来，心里生出了一种很深的不舍。两人并肩走近大门时，锦芯突然说："哦，我妈妈提到你有个很漂亮的玉镯，你今天没戴啊。你等等，我给你看看我的那一只。"锦芯说着转身进屋里，出来时，手里托着一个洁白厚重的玉镯，果然有一侧带着金黄的玉皮。立蕙将玉镯拿到手中，拿近端详着，看到微刻是观音。她知道，这跟何叔叔在她十九岁那年交到她手中的那只，真是一对。

走到院子的时候，两人在台阶上相拥着。

太阳有些偏了，天色仍很明亮。立蕙看向前院边侧那些茂密的花木，说："我能不能去看看你爸爸做的那些植物名牌？"没等锦芯答话，她又说，"我很爱好园艺。"锦芯会心一笑，说："农科院出来的孩子嘛。去看看啊。"

立蕙在那些花木下，果然看到了一块块写在白色小木条上的植物名称。应该是用油漆写的。这是她第一次看到何叔叔的字。小楷。中英文，拉丁文。她不知道该怎么形容，只觉得就是"好看"两个字，比叶阿姨的字体明显地遒劲利落。她在一丛黄红相杂、花朵硕大的茂盛热带兰花前，看到了"大花蕙兰"四个黑字。她的目光停在"蕙"字上，忍不住伸出手去擦那些浇水时弹上木条的泥印。锦芯安静地转过她身后，走上前去，将那小木牌从土里拔出来，递到她手上，说："你喜欢的话，拿回去做个纪念吧。"立蕙接过来，轻声谢了锦芯。

立蕙和锦芯在车边拥别的时候，鼻子一阵发酸。锦芯拉着她的手，说："非常高兴见到你。等我妈和孩子都回来了，你再带孩子和先生来玩。趁着房子换手前，我们好好聚聚，我给你做南宁老友粉吃。我做得特别地道的，连志达那种原来对酸笋完全不能接受的人，都会喜欢。"立蕙点着头，转身看了看身后的房子，问："你打算搬到哪里去呢？"锦芯想了想，说："也许会搬到加州中部，或内华达、亚利桑那的沙漠里去。""哦？怎么会想到住到沙漠里去？"立蕙感到有些意外。"那些地方干燥，花粉少，不会让人过敏，天气也暖和。美国很多人退休了都选择到那些地方去的，所以医疗条件也好。我妈妈可以跟我一起去。当然，这只是突然的想法，我还没跟我妈和孩子们说起过。"

立蕙的车子转出锦芯家前面的山道时，很长地吐出了一口气。将车窗摇下来，桉树的清香涌入，一如当年在农科院小卖部前闻到的气息。锦芯哭着，沿池塘边的小道疾跑，一转弯，掉到了漂满浮萍的塘水里。立蕙一惊，踩了一下刹车，发现自己握着方向盘的两只手都湿了。

五

　　旧金山加大器官移植中心接待厅的左侧，是一个接一个的落地长窗。湾区初夏早晨的阳光倾泻而入，亮得映出空气中飘浮不定的浮尘。窗子那些不规则的平行四边形投影，在灰蓝色地毯上等距地排列着，延伸到长廊尽处，被一扇米色的门切断。从窗子看出去，远处金门大桥那两座拉索塔的侧影几乎交叠起来，在金门公园大片的黛绿中架出一道浓艳的铁锈红。更远处是太平洋茫茫无涯的水面，有两三艘万吨巨轮在天际线上飘浮着，若隐若现。

　　立蕙在接待台边的电脑前输入个人信息，用食指指尖在屏幕上闪出的签字栏里快速地划过。扫了一眼页面右下角的时间：星期五早晨8点15分。她提前请了半天假，早晨6点一过就从南湾家里出发，在清晨拥挤的车河里走走停停，花了近两小时才来到城里，比平时慢了一倍。她起身离开，坐回到接待厅的座椅，轻轻嘘出一口长气。

从锦芯家里回来的当夜，立蕙跟智健说了她想去见锦芯的医生。这个想法是瞬间里跳出来的，让她自己也吃了一惊。话一出口，立蕙的双手分别抓牢了后院白色塑胶椅子的左右扶把，腰背挺直。她的身子定牢了，不敢妄动，就像小时候夜里在郊外野地里突然撞见了磷火，那携着冷艳蓝焰的白色光团，只要你一动，它就可能尾随而来。

磷火被智健挡上来的长臂截住。立蕙靠到这位前男排校队主攻手倾上来的肩膀上。眼前的玻璃台上散乱地摊着吃剩的水果和凉面，一些奶酪，两只不断被倾空的酒杯。它们的空隙慢慢地被锦芯这一天端出的苦汁填满。立蕙从黄昏开始就在那些苦汁中漂流，最终和那些食物一起被锦芯的苦汁和夜色淹没。

不大的院子里只亮着花带边一串低矮的节能小灯。主要的光源来自屋内起居室从窗口投来的灯光。电视开着，五彩的光影投在南湾夏夜干爽清凉的空气中，变幻频繁，无声无息。

珑珑被送到小朋友家过夜去了——十二岁的小
小少年，已经开始加入这类美国青少年间流行
的交际活动。立蕙知道，她的家里，很快也会
在周末不时聚上一群带着睡袋上门的小孩子了。
这个想法让立蕙想起锦芯庄园般空阔的山间领
地，这个夜里大概会加倍地冷寂。好在锦芯看
上去也习惯了。

　　"这是个重要的决定，要多做点功课，尽
量了解清楚医学方面的细节才好。"——智健
的声音里带着罕见的犹豫，语速都比平时慢了
好多。"我也只是想跟医生聊一下，了解一些
技术细节。"立蕙小心地回智健的话。想了想
又说，"在美国，自愿做器官捐献的人很多，
这种手术算是常规的。我同事吉姆也只排了两
年多点儿时间就做成了，效果非常好。而且越
年轻在排队时越有优先权，从这点讲，锦芯是
有希望的。我只是觉得……"立蕙说到这里停
了下来。智健的手在她的后背轻轻拍了拍。她
轻声叹了口气说："我真的觉得锦芯很可怜。"
智健安静地点点头。"你没有见她小时候，她

那时不仅蓬勃好看，还聪敏过人，一身的才艺，让人觉得她会一直轻松走上喜马拉雅顶峰的。真没想到，人到中年，会栽这个大跟头。真应了中国老话说的'红颜薄命'。唉，如果锦芯不推志达去'湾景'……"你是个科学家。"智健轻声打断她。立蕙一愣，陷在暗里，等他的话。

"你现在听的只是锦芯一面之词，我只是想说，不要那么简单地说成是现代的陈世美和秦香莲。现在志达不在了，我们听不到他的答辩了，就信一面之词的结论，不是很公平。两个人的关系，影响稳定的参数太多了。如果环境简单，比如美国中产阶级今天这样，老婆孩子热炕头，突变的风险就小得多。你想想，当年我们中国留学生来美国读书，自费留学的签证那么难拿，怕你不回去，配偶签证更是难上加难，那种人为的阻力，让多少婚姻破裂？就像当年人们逃去台湾，农民出身的军人战后进城一样，多少家庭解体？所以讲，锦芯和志达的婚姻，一下掉进那么动荡的场域，什么都可能发生。要想获得稳定，取决于结构本身的抗震系数。老实讲，这是外人帮不上忙的。还有……"智健说着停下来，看上去有点犹豫。立蕙推了推他，他似乎才回过神来，又说："从你转述的话里，听上去志达其实是个挺老实的人。""嗯。"立蕙很响地应了一声，等他的话。"信不信由你。但凡闯出这么大的祸的家伙，大部分都是老实人，是真的啥都敢往肩上扛，却不知道哪些是自己根本负不起的责任。""智健，你有点用力过度了。"立蕙打断他，皱起了眉头。智健笑笑，说："我想你要听真话的啊！"立蕙不响。智健又说："这种事，我们身边出得不少了吧，那些没心没肺的老手，会这样吗？不要说放弃几千万净身出户了，就为了不因离婚而平分家产，怎么撕裂自己都肯的。志达这种典型的工科生，又是你我这样在中国被叫作"60"后的人，发育在中国性压抑最严重的20世纪70年代，老实听话点儿的，在男女关系上真可以说是几乎没有情商的。糊糊涂涂谈一次恋爱就结婚生子过下来，突然撞到这个时代，你期待他们能有什么样的表现？"见立蕙不响，智健拿起她的手，抚挲着，说："你不要误会我的这些话，我也很同情锦芯的。"

立蕙摇摇头，嘴唇动了动，又停下来。起居室的电视有瞬间的黑屏，是广告间切换的一个停滞。立蕙借着这稍纵即逝的黯然，摇了摇智健的手，说："我今天回来的路上一直在想，真是有命运这样的东西，越想越有点害怕。"智健握着她的手使了点力。立蕙又说："其实你可以说，锦芯在面对同样的困境时，没有叶阿姨坚强。因为这层关系，我就更难过了。"智健将手抽回来，倾上前来，轻拥了一下立蕙，说："你不要想得太多了，啊！"立蕙靠到椅背上，苦笑着说："我想的不是自己。我在想锦芯跟我说的那些话，关于叶阿姨从小教她做一个女人的那些话。比如自立、自强，不要靠男人才可以处于不败之地。但事情显然没有那么简单。你看锦芯，经济独立吧？事业够强了吧？还是解决不了最根本的问题。"智健刚要回话，立蕙摆摆手，说："不要告诉我，还要精神和心灵独立，都不够的。从叶阿姨那里，我看到一种出路，那就是要有智慧，噢，智慧可能都不够，可能要有一种更超越的东西，比如宗教信仰？我想，可能要到宗教的层面，人才可能超越，寻到最大的自由吧？这是我今天想到的。"

　　智健想了想，说："Maybe（或许吧）。"立蕙点点头："我也觉得自己很幸运。我从小就生活在一种很不安定的情绪里，特别害怕生活里有巨大的变化。有了珑珑以后，有时也会感到家庭生活的琐碎沉闷。你猜我今天听到一句挺让我震动的话是什么？"智健盯着她的眼睛。立蕙笑了，说："那是志达跟锦芯提到的——生活的内容就是生活的意义。也许我们能接受这点，就可以过得很平静。"智健忙不迭摇头，说："这太消极了，我不同意。我从小家庭很温暖，爸妈关系特别好，我就特别希望自己有安宁的家庭生活。这么些年过来，才知道，安宁的家庭生活不是天上掉下来的。这点美国人说得好，婚姻是靠耐性经营的。有心理学家建

议将'追求幸福'改为'追求满足感'。追求
幸福往往被理解为追求一种宏大的状态，一揽
子解决所有的问题。追求满足感是具体地面对
一个个小问题，欣赏生活提供的小快乐。"立
蕙笑着点头，说："噢，难怪你这些年发展出
那么多奇奇怪怪的兴趣爱好，我跟朋友同事讲
你到旧金山当城市义务导游，人家都觉得蛮好
笑的。看来不完全是随兴而为，而是在追求常
过常新的满足感啊！"智健听了笑笑，拍了拍
她的脑袋。"当然，最好是不要被考验。"智
健说着笑了笑，那笑里竟有闪烁的羞涩。立蕙
拍了他一下，说："所以你别给我闹什么海归。"
智健的表情严肃下来，说："这跟海归不海归
没关系。如果要回去，我们一起回去，甚至珑
珑也不能落下。"立蕙安静下来，没答他的话。
智健就说："还是说找锦芯医生的事吧。你如
果愿意去谈谈的话，就去吧。"立蕙点头，说：
"就是去了解一下。"像是给自己安慰似的，
立蕙又重复了一遍。智健起身，搂着她的肩膀，
说："我可以陪你一起去的。"

立蕙在星期天早晨天没亮就醒了，这让她有些意外。昨夜躺下前，她还专门吞了一颗带安眠成分的抗过敏药——她一年四季都有粉尘过敏的问题，但只在担心睡眠质量时，才会吃下这种有催眠效果的药，没想到这么早就醒了。智健还在沉睡中。这个号称从不追求幸福感的人，在立蕙的眼中却总是幸福的，光是他每晚都能获得保质保量的睡眠，就足以令人嫉妒。

主卧室不大，这是立蕙喜欢的。紧凑的空间让她觉得安全。立蕙坐在床边，脑袋里都是影像。她肯定做了个长梦，白色，蓝色，山影，江河丛林，却记不住一个细节，看不清一张面容。她看晨光在窗帘的边缘渐渐明亮起来，便蹑手蹑脚地下床来。长长的淋浴之后，整个人就彻底醒了，决定给在东部的叶阿姨打个电话。她下楼来到书房里，轻掩上门，看了一眼手机上的时间，这时应是东部时间早晨 9 点半了，想到叶阿姨或许在教堂里，她犹豫了一下，想了想，还是拨通了电话。

"是立蕙啊，你好！"叶阿姨的声音很近，

听得出那里面淡淡的欣喜。"是我，叶阿姨，你好吗？"立蕙答得竟有些紧张。"我挺好的，锦芯已经告诉我，你昨天去看她了。她好久都没有那么高兴了，真要谢谢你了。我们都觉得好遗憾，没有能早点联系上。"叶阿姨的语气听着就有点变了。立蕙心下一酸，忙说："叶阿姨你太客气了！我也好高兴，锦芯看上去都没有变，还是那么好看，而且如今更有一种成熟的气质了。""立蕙，你真是个善良的孩子。"叶阿姨在那头打断她。没等她接话，叶阿姨又说，"我跟锦芯说好了，等我们从东部回去，一定要请你们全家过来好好聚聚，让孩子们也互相认识。你愿意的话，可让珑珑跟他们一起出去旅行，过暑假，让他们建立感情，将来可以互相帮助，这也是很重要的。"立蕙应着，叶阿姨听起来就有些放松了，又说起孩子们都到了，下周六就是孙女的毕业典礼了，之后大家去往佛罗里达，从迈阿密上船，坐游轮去加勒比海转一圈。"锦芯也去吗？"立蕙小心地问。"她就不去了。她下周五到，住一个星期就回去。"

叶阿姨说。"她要按时透析，在船上不方便。"叶阿姨又加了一句。

"嗯，叶阿姨，你上回说，锦芯是在UCSF排队等做移植，是吗？"立蕙问。"是啊，UCSF是美国顶尖的医学院了。"叶阿姨说。"我能不能问一下，锦芯的医生是谁？"立蕙的声音轻下来，她听到了自己的心跳声。"他们都是一个团队的，她目前的主管医师是约翰·施密特，到时应该是由他来做移植手术，嗯……"叶阿姨有点犹豫起来，没等立蕙回应，她又说，"立蕙，有些事情，就是亲姐妹，也不一定要做的。而且锦芯因年龄和身体状况对打分有利，在排序中有优先权。最重要的是，我每一天都在为她向神祷告，神一定会看顾她的。作为长辈，这是我的真心话，我希望你们每个孩子都能健康开心……"叶阿姨的声音开始变了。"叶阿姨，看你说到哪儿去了，我只是想去见见她的医生，看能不能为她做点儿什么。我说过的，我有个同事肾移植手术很成功，我也可以请他提供第一手经验。"立蕙说着，对自己的镇定

都有些意外。叶阿姨最后将施密特医生的电话
告诉了立蕙。

　　立蕙在等着开周一例会的空档中，拨通了
UCSF施密特医生团队的电话。电话那端是个
年轻的女声："我是爱丽丝，我能帮你什么忙？"
爱丽丝的话里带着训练有素的公事公办的热情。
听完立蕙的陈述，她说："如果你不一定要见
施密特医生的话，就比较灵活，团队的护士就
可以回答你第一次咨询的问题。""我想见施
密特医生。"立蕙坚持着。爱丽丝连一个停顿
都没有，就报出了施密特医生最早的空档是星
期五早上8点30分，这是刚被人临时取消的
预约空档，要不然就要等三星期之后了。"就
它了，星期五早上8点30分。"——立蕙当即
敲定下来，她不愿意给自己有犹豫的机会。

　　十九岁那年，她错过了留何叔叔在暨大学
生食堂吃饭的机会。她不愿在生活中再发生想
起来就会遗憾的"错过"。这个决定确实太急，
以致智健都无法配合。他在周五上午有个跟公
司东部设计中心同事的视频会议。立蕙听了反

而有点儿轻松,她这才意识到,自己更愿意独自面对施密特医生。

"立蕙——"接待台后右侧的一扇门打开了。一个穿着黑底白色小碎花短款连衣裙,外套中长白褂的白人中年女护士走出来,音量适中地唤着,目光有些空茫地往散坐在等待区里的人们投来。

立蕙抬起左手,朝护士摇了摇,一边站起身来。女护士回了个浅淡的笑,身子傍着门,等立蕙走过去。

立蕙接近门边时,护士伸出手来,和立蕙握了握手,又拿起胸前长绳上挂着的透明塑胶卡片扬了扬,说:"我是吕蓓卡,施密特医生的助理,欢迎你来。"立蕙注意到吕蓓卡名字后面有"PRN(主管医护)"的字样。这是最高级别的护士,在医生准许和指导下,有一定范围的处方权,通常要有硕士学位。难怪衣着都跟穿着紫色夹蓝白小碎花布套头短袖衫、翠蓝宽松布裤的出出入入的普通护士不一样。

立蕙随在吕蓓卡身边,听到厚重的门页在

身后沉闷而清晰的关闭声。她一眼看到里面走廊两侧是大小不一的房间。跟普通诊所和大型医疗机构不同的是，这些房间更宽大。医生办公室或小型会议室都安排在有阔大窗口的一侧，可以看到窗外的景致，显得特别明亮。这些明亮，让立蕙本来有些紧张的心情放松了些。

　　立蕙由吕蓓卡领进一间靠转角处的办公室。吕蓓卡麻利地拉开一张椅子，请她落座，一边问她要不要喝点水。立蕙摆摆手，谢过她。吕蓓卡就回身将办公室的门掩上，随后转到宽大的办公桌边，点开电脑，调出立蕙之前在接待台从电脑终端填入的个人资料表格看起来，一边说："哦，你忘了填一张隐私保护协议。"说着，吕蓓卡抽出一张夹在板上的表格递上。立蕙接过表格，一眼扫下来，有"器官捐献"的字样，有些犹豫，说："我今天的目的只是做个初步的咨询。"吕蓓卡点点头，说："我明白。但这是规定，每一个进来的人，都要了解她的权利和义务。你今天和医生的谈话，双方都有尊重隐私的协议。所以你需要看看，你可以选择对隐私程度保密的级别。我给你时间，我待会儿再进来，好吗？"立蕙点头，接过了表格，吕蓓卡出去了，拉上了门。

这是一张几乎所有医疗机构都会要求人们填写的常规隐私协议。立蕙跟大部分人一样，只大致读过一次具体内容，总觉得是程式化的字句，随手就签的。但过去只是例行的常规看诊，这回却是在器官移植中心。立蕙有些好奇，去看那些需要勾画的行列。看到隐私级别的选择项，立蕙犹豫了一下，拿起笔来，勾下了最高级别。这样，包括智健都不可能从这里打听到她的动向，哪怕她真的到这里捐出一只肾，智健都可能不知道。

立蕙刚在表格下端签上自己的名字，就听到身后轻轻的敲门声。"Yes。"她应着，门就给推开了。立蕙抬头一看，见到一个四十多岁年纪的白人男士，脸上带着矜持的微笑，一边走进来，一边朝她点头。立蕙在网上查过施密特医生的信息，第一眼看到他，竟觉得有些熟悉。她还未及起身，施密特医生已伸过手来，一个短暂而有力的握手，说："我是施密特医生。欢迎你来，傅博士。"他旋即转过台子，坐到靠窗边的转椅上。

立蕙听到他叫自己"傅博士"，有些意外。想他大概是看到了自己填写的资料里，在教育程度栏目下，"博士"前那个小小一勾，不禁对他的细心生出好感。

施密特医生身上中长的白大褂敞开着，里面是一件湖蓝色的精面衬衣，熨得非常妥帖，还戴了条灰蓝斜纹的领带，下身是铁灰色裤子。头发很密，鬓角有些白了，双眼下几条很深的纹道很有雕刻感，让他看上去带着坚毅，像典型的外科医生。

"嗯——"施密特医生敲着键盘，想了想，问，"你在考虑帮助何锦芯博士？"立蕙点点头，说："我想了解一下她肾移植的……"施密特医生停下来，他快捷清脆的击键声突然中断，留出一段空洞的寂静。立蕙直了直腰身，等他的话。"看你的资料，你是有捐献的意愿，对吧？"立蕙很轻地点头："在考虑中。""那我能不能问一下，你和何博士的关系？"施密特医生直视着立蕙的眼睛，问。"Half sister（半血亲姐妹）。"——立蕙清晰地吐出这两个英文单词，心下一阵轻松。她喜欢英文在这个问题上清晰又模糊的表达——施密特医生从这极简单的信息里，已经清楚地明白她和锦芯间是有血缘关系的姐妹，却不知道她们是同父还是同母，这对他而言已经足够了。果然，他侧过身在电脑上打了几下，看上去非常随意，然后转过身来。"对活体捐献者来说，这是个重大决定。"施密特医生开口了。立蕙点头。"这虽然是很成熟的手术，但还是有一定风险的，所以要慎重考虑。如果捐献者在认真考虑后做了决定，首先要做一系列检查。先是常规体检，要查的项目会多些。然后要做匹配试验。这是最难的，就算亲人，也未必能配得上。何博士在这个问题上就有点不太幸运，她的母亲和兄弟都没通过匹配测试。这是为什么通常病员要排队等待。"

"锦芯等到的机会挺大的，对吧？"立蕙

问。施密特医生看看她，说："何博士才四十多岁，她等到的机会还是不错的。在美国，透析二十多年还活着的人很多，如果年纪大些的，肾移植甚至不是优先选择。如今自愿器官捐献者越来越多，所以机会是有的。当然，肾衰竭的病人，生活质量受影响，越早做越好。""嗯，我就是想听听你的意见。"立蕙点头。施密特医生一愣，说："对活体捐献者来说，手术后只需要一段时间的休养，绝大部分人的恢复还是很理想的。你看上去还很不肯定，我建议你好好想想。比较肯定之后，我们可以再安排下一个咨询时段，谈一些比较具体的技术方面的事情，你觉得怎样？不能有半点的勉强，那样对各方面都不好。"

"谢谢你。我确实需要再考虑一下。哦，我还想问个问题，肾衰竭发病的原因是什么呢？"立蕙说到这儿，停下来，刚想再解释一下，就看到施密特医生盯了她一眼，双手抱到胸前："我相信你来这里之前，已经在网上做过很多的资料搜索和研究，知道病因各异。有受损、受病毒攻击及其他基础病因导致的衰竭，等等。但何博士的情况比较特殊，她是因吞服药物自杀而导致的肾衰竭。"施密特医生摇了摇头。

"自杀？"立蕙轻叫一声。施密特医生被她的反应弄得一愣，点点头，说："是的。抢救过来，有些器官的损害就成了不可逆转的了。哦，对不起，我也只能讲到这里了，我已经讲得过多了。我们应该记得我们双方签过的协议，是吧？"说着，他一边站起了身，温和地笑着，向立蕙伸出了右手。立蕙站起身来，和施密特医生握了握手，忍不住问："锦芯是因为忧郁症而自杀的吗？"施密特医生犹豫了一下，说："我不很肯定那是不是该叫忧郁症。我个人认为，说是丧亲综合焦虑症更确切。从病理上讲，它跟忧郁症是有交叠区域的。何博士在她丈夫去世后有过相当长时间的抑郁和焦虑。从病史上看，深度焦虑的成分更大，最后导致了这么不幸的结果。"立蕙竖着耳朵，大气也不敢出，生怕听漏了施密特医生的一个字。施密特医生突然就停住了，说："你们两姐妹似乎平时联系不多啊！"立蕙一愣，凄凉地笑笑。施密特医生温和一笑，倾身向前为立蕙拉开了门，将她送到通往外边接待台的门口，跟她握了握手，说："谢谢你来。不要急于决定，考虑好再跟我们联系。"

立蕙在停车场启动汽车时，看到仪表盘上的时间是早晨9点05分。她将车子倒出来，三下两下就转到了大街上，朝最近的通往南湾的101高速公路南端入口驶去。很快，车子顺利地并入101高速上的车流。上班高峰应该已经过去，如果没有意外，还能赶回公司里按时上班。

窗外路边是旧金山南边沿低缓坡面而建的密密麻麻的房子。一个接一个的巨幅广告牌在早晨还未散尽的烟蓝薄雾里变出抽象的形块，往日里那些鲜艳的色彩都给洗成了青白，黑白电影里大爆炸后的废墟一般，令人心惊。立蕙抹了抹眼睛，一时有些恍惚，不能肯定自己已经去过了UCSF，见过了施密特医生。她将空调控制开关点击到最强档，冷风顿时呼呼地响起，车子里一片清冽。意识回来了。是的，她见过施密特医生了，非常短暂，却极为重要。她庆幸自己来过了。

智健的电话在这时进来了，立蕙按下接听键。智健低沉的声音在封闭的车厢响起："我这才开完会。你怎么样？见过医生了吗？"智健的语速有点急，车载电话系统让他的声音带上了"嗡嗡"的轻微回音，给人感觉是贴得很近。"刚出来呢，见过了，挺好的。有些……"立蕙停了一下。智健那边追上来："怎么啦？"立蕙走着神。智健在那边又问："你没事吧？"立蕙才说："有些奇怪的事情。我晚上回去再跟你细讲。"智健那边就应了说："好的。你小心开车啊，不要分神。"随即收了线。

海湾接近旧金山国际机场那段宽阔的水面在前方出现了。立蕙的余光里是一道黛蓝的山带。她迫使自己不要分神，却分明觉得，她看到了一个接一个的蘑菇云从那个方向升起来。立蕙没有想到，自己的泪水出来了。一滴，两滴——她甚至听到了它们溅落在裤腿上的声响。

立蕙没有感觉到悲伤,却无法止住自己的泪水。她有一种被吸入黑洞的感觉,用力地睁大眼睛,看到的却是前方绵延而去的灰白路面、飞驰来去的车辆。这是人世间,立蕙想,心里慢慢安静下来。

立蕙一到公司里,就看到一串加急标红的电邮。新加坡芯片加工厂最新一批芯片的成品率明显下降,预计跟最近的设计规范调整有关。相关大小会议的通知排成了一串。作为总部芯片成品率优化专家,立蕙抓起笔记本电脑就闯进了总部、部门、团队的大小会议,直等到下午4点后,又开始了跟亚洲厂家的视频会议。回到家时,已近夜里10点。

车库的门一响,智健就迎了出来。他一边接过立蕙的手袋、电脑包,一边说:"珑珑今天傍晚去游泳,马克对他们的进度不满,罚了两千码的量,还没到家就睁不开眼了。吃了个汉堡,回来等他做完作业,趴在桌子上就睡着了。"马克是游泳俱乐部的教练,是个刀子嘴豆腐心的白人胖老头。立蕙有时在池边听他朝孩子们的那个吼，都不禁要哆嗦，若要被他罚，那肯定是很难吃得消的，不禁有些心疼。她进得屋去，便转上楼去看珑珑。珑珑已经换上了那套他最喜爱的深蓝底"蜘蛛侠"图案的睡衣，摆开大字，陷入了深睡。立蕙听到他轻微的鼾声，轻笑起来，坐到床边，轻轻摸了摸他的头发，竟有些湿。她随手扯过珑珑搭在椅上的 T 恤，轻轻给他擦着，就听到了推门声，智健在她身后轻声叫："面做好了，吃饭去吧。"

立蕙起身随智健下到厨房里，看到吧台上摆了一盘凉面，一盘沙拉，一副筷子和一杯豆浆。这凉面是智健最拿手的。看着简单，但那奶酪、松子酱、麻油、芥末和陈醋的比例，立蕙就总是调不到智健的水平。"你一块儿吃点？"立蕙拿起筷子，朝智健问。智健扯过一把高脚椅，坐到她对面，说："我早吃过了，你快点吃吧。"立蕙点着头，将一大把面挑起，送进嘴里，一下就看到起居室地上摊着的那张半合的纸板。她滑下高脚椅，快步走过去，坐到地毯上，将纸板打开，就听到智健在那边说："珑珑他们班级里的讲演和展览刚弄完,今天才发回来的。"
立蕙不响,双眼盯在那棵色彩丰满、童趣盎然
的家庭树上。

　　一切都是从它开始的——立蕙想,忍不住
伸出手来,摸了摸那粗壮的深棕树干。智健
这时走过来,也坐到地毯上,说:"珑珑今
天回来还说,听了别的同学的家庭故事,他
觉得自己的太简单了。有同学的祖父母,是
二战从波兰逃出来的犹太人,如何去了以色
列,又怎样来到美国;又有同学是阿富汗来的,
外祖父原来是医生,前苏联侵占时,全家逃
到巴基斯坦,在难民营里,十四岁的母亲被
他外祖父安排嫁给了先行逃到了美国、跟外
祖父同龄的阿富汗男人。少女新娘来到美国,
如何走出来,离婚,成了单身母亲带大他。
还有同性恋生母通过精子库生下的孩子……"
立蕙摇摇头,看向智健,说:"我真的太愿
意这棵家庭树就像珑珑画出来的这么简单
啊!"她的手指移到了她父母的照片上,轻
轻地抹过,指头竟感到沾上了些灰。很多的

枝节，可以从他们照片挂贴的枝丫下延伸出来，盘根错节而去，何叔叔、叶阿姨、锦芯兄妹、那些聪明漂亮的孩子们、豪宅、志达、肾……

"你后悔去找他们了？"智健的声音很轻，却很清晰。"我不知道。"立蕙有点犹豫地答着，没等智健回话，她又说："我想不是的。见到锦芯和叶阿姨，我还是很高兴。"她想说，虽然她的本意是找何叔叔。她的目光再一次落到树上自己父母的照片上，说："我真的没有想到，这么简单的一个枝节，却可能连上那么繁杂的分枝。今天从 UCSF 出来的时候，我都觉得我迷路了，怕是走不回家了。"智健长长的手臂搭过来，在她的肩上摩挲着，轻声说："你在家里了，到家了。"

立蕙苦笑了一下，盯着智健的眼睛，说："你知道施密特医生，就是锦芯在肾移植中心团队的主管医生，你知道他今天告诉了我什么？""什么？"智健脸上的表情绷紧了，定定地盯紧她。"锦芯的肾衰竭，是因为服毒自杀未遂造成的。"智健的眼睛瞪圆了，一声不响地看着她。立蕙朝他肯定地点点头。"你看，我去见叶阿姨，就听到了何叔叔去世、锦芯肾衰竭这些非常坏的消息。我去见锦芯，又扯出了志达跟锦芯婚姻出问题的这条线。今天跟施密特医生见面不到半小时，又知道了锦芯曾服毒自杀。我都不知道这树下的河有多深的水流。"很长的寂静，智健移近了，双手搭到她的肩上，说："我们已经进去了。有句话我不知当说不当说，嗯，还是说了吧，凭我的直觉，也许水下还有更深的旋涡，我们都要有准备。"立蕙紧紧地拥住了智健，她感到自己的身子在智健的怀里轻微地抖着。她知道智健是对的，但她没有说话。

六

接下来的周末过得出奇平静。智健轮到了进城当义务导游。立蕙陪珑珑游完泳，吃过汉堡，回到家里，让珑珑上网打电玩，自己联机到公司里，回复了芯片生产部门施行应急措施后的反馈电邮，转眼大半天就过去了。关机时，立蕙的心情轻松起来。这是她习惯了的生活，却极少感到这样的愉悦。她换上了干活的衣裤，到花园里修剪浇灌。小花园深处那丛蜡黄花瓣、深紫红花蕊的大花蕙兰正开得繁盛。立蕙转身走进屋里，从书房的柜里抽出从锦芯那里带回来的那块何叔叔手书的"大花蕙兰"名字牌，她已仔细地将它洗刷干净，原先是想将它插到自己种下的蕙兰下，这时再看，忽然就没了那股冲动。她小心地将它又放回抽屉里。立蕙从书房出来的时候，忽然想，今天何叔叔全家都在遥远的东岸了，心下有些轻松起来。锦茗女儿的大学毕业典礼这时该结束了吧，她想着，为自己在素未谋面的侄女这个人生的重要节日里缺席，生出些许的伤感，赶紧摇头，心里又有些莫名的不安。

　　周一刚上班，新加坡方面传来新一轮调试数据。一整天的大小会议。电邮，越洋视频连线会议，立蕙忙到下班，将新的方案群发了，推门走出公司总部大楼，天色已是深深的暗蓝。她透了一口长气，忽然感到很想去游泳，再泡下三温暖，放松放松，便拨通了家里的电话，打算让智健跟珑珑先吃晚饭，不用等她了。

电话铃震了短暂的一声，就被拿了起来，让立蕙有些意外。如今各种电话推销实在太多，弄得平日电话铃一响，她和智健、珑珑总是推来推去不愿接。电话那端是珑珑清脆的声线，他还没有变声，立蕙每回听到，总要忍不住微笑。珑珑一听是她，声音就更尖了，有些兴奋地叫："妈咪妈咪，FBI在找你！"立蕙一愣，说："你在说什么呀，珑珑！"珑珑又叫了一声："FBI哎！"立蕙这下意识到珑珑是认真的，忙问："你说什么，什么FBI？""你回来再说吧，没什么大事的，小心开车！"电话那边突然插入智健的声音，幽灵似的。立蕙赶紧应了，收了线，将车子开出来。几个转弯过后，发现车子竟有些跳动，立蕙才意识自己在走神，油门踩得心不在焉。她将电台转到古典频道，是巴赫的《哥德堡变奏曲》第八到十四段那节，优美轻灵的旋律让她的心神安静下来。

将车子在车库里一停稳，立蕙就看到珑珑

光了脚站在台阶上朝她招手。她走出车子，轻拥着迎上前来的珑珑。"妈咪！"珑珑叫着，屋里的智健朝她点点头，揽过珑珑，说："你上楼洗澡去，晚饭好了我叫你，好孩子，啊？"立蕙拍拍珑珑，说："我们今早说好的，今晚吃蒜香蛤蜊意面，妈咪马上就做，你洗澡去，今天打球了，对吧？"

珑珑不响，微低了头，朝楼上走去。智健示意立蕙拐到书房里，轻掩上门，说："你自己听一下电话留言。"随即摁下回放键，拿起话筒递给立蕙。

"哈啰！傅立蕙博士，我是 FBI 探员戴维·贝瑞，想跟你约个时间。在你方便的时候，我想跟你聊聊，不用很长时间。请你听到电话后，给我回个电话，我的电话是……"立蕙没将电话听完，就移开听筒，搁上了，站在书桌前，好一会儿回不过神来。

"我接到珑珑，一回家，他就看到留言灯在闪。这孩子就爱管闲事，我去里面放东西，他就已经按了回放键听了。一听到 FBI，就冲

出来叫我，又惊又喜的样子，真是孩子。"智
健摇摇头。立蕙将手搁到额头上，拇指和中指
分别摁到两端的太阳穴上，智健走过来搂了搂
她的肩。她松开手，跟智健的目光对视着，彼
此点了点头。她轻轻地说："怎么会是这样？
怎么回事呢？"

　　"不要多想，明天你给他们打个电话去问
了就明白了。我已经将电话记下了。"智健说着，
将桌上的一个黏条扯过来递上，"如果我们没
做错什么，不用怕。""我是担心。从锦芯那
儿出来，心里就感觉特别不安；再去见了施密
特医生之后，这种感觉就更强烈了。你是对的，
我就担心有更深的旋涡。但怎么会想到，会扯
上 FBI 呢，你说这是怎么回事？"智健摆摆手，
说："要谈过才知道的，这样猜没意义。你明
天一早就给他们电话。我们做饭去吧。"

　　第二天一早，立蕙出门上班前，智健已将
珑珑送去上学。她来到书房里，按智健记下的
号码，给戴维·贝瑞拨了电话。电话响了三下，
一个清亮的男声响起来："我是戴维，请问哪

位？"——很年轻，出乎立蕙意料。而且语气很家常，立蕙的精神一下就放松下来。"我是立蕙傅……"她话未说完，那边戴维就应了："噢，傅博士，谢谢你打电话回来。我是戴维，戴维·贝瑞，FBI探员。我给你电话，是想约你见个面，谈些事情。你看什么时候方便呢？"立蕙想了想，问："我能不能问，你想找我谈些什么呢？"戴维在那头笑起来，非常清脆随意："这需要见面时才能聊得明白。你可以定时间，最好不要在周末，周末里大家都要陪家人，对吧？"立蕙说："可我得上班啊。""那我们一起吃个午饭？你总得吃午饭的，对吧？你若不方便出来，我们就到你公司附近。你公司在——？"——立蕙想，他们肯定知道自己的公司在哪儿，就没应。戴维又在那头问："能不能请你告诉我公司的地址？"立蕙有些意外，将地址报上。"我今天、明天都可以的，之后已经有约了。"立蕙又说。戴维在那头停了一下，说："那就明天中午吧，我们到你公司大厅里等你？"立蕙想了想，说："好的。为省时间，就不一起吃午饭了吧。我们就到我公司不远那家山谷里的星巴克见吧。"戴维立刻应下，给人非常配合的印象，让立蕙生出了好感。她随后问戴维要了他的电邮，答应将那家星巴克的地址传去。

立蕙近午时分开车出门。这里已是硅谷南端，再出去就是空旷的山地了。沿着弯曲平整的山道往山间开去，是一片高档住宅区，跟锦芯家那一带不同的是，这儿是新区，几乎没有大树，夏天的气温比近海湾的地方热上三五度。

立蕙准时走进星巴克，一眼望到靠墙那幅朱红夹青绿乳黄色块的大画下，沙发上坐着一对穿着深蓝黑西装的年轻男女。一见立蕙进门，他们同时起身，一前一后迎上。"傅博士，你好！我是戴维。"戴维伸出手来，跟立蕙握了握。他比立蕙想象的更年轻，浓密的络腮胡子修剪得非常整齐，身形结实高挑，笑起来，竟有些羞涩。"这位是我们的探员艾米莉·科利。"戴维将身边那位轮廓清晰、面容白皙的瘦高女子介绍过来。艾米莉看上去非常知性，一头浅

棕色的直发过肩，不露痕迹的精细化妆，深湖
蓝色真丝衬衣尖尖的领子翻出来，细细的银色
项链，让立蕙心下有些吃惊。若在街上碰到，
绝不会跟 FBI 联系到一起。

　　立蕙随他们在靠墙的圆桌边落座。艾米莉
问立蕙要喝点儿什么，很柔的声线，让立蕙又
微微一惊。立蕙答了冰豆奶拿铁。这时戴维的
表情严肃下来，掏出一个墨绿色的证件，打开
递到立蕙眼前，让她过目。这是 FBI 探员的身
份证，上面有戴维表情严肃的照片，盖着 FBI
全称的钢印。立蕙将那 ID 拿在手中仔细看着。
她过去只在电影里看过 FBI 探员出示身份证的
镜头，他们总是掏出一晃，很快就收起。立蕙
没想到 ID 有这么大，竟是普通护照的两倍以上。
她有些发愣，戴维微笑着，肯定她已看清了自
己的信息，啪的一下，将 ID 收了起来。艾米莉
也将自己的 ID 递过来，立蕙扫了一眼递回给她。
她几乎是应声而起，给立蕙买拿铁去了。

　　戴维这时拿出手提电脑，开始往上面打着。
艾米莉买来拿铁递给立蕙，在边上坐下，也打

开了电脑。立蕙问："你们找我……"戴维说：
"我们注意到，你最近跟何锦芯博士，还有她
的家人，走动比较频繁？"立蕙心想，果然，
嘴上却说："我只见过锦芯和她母亲各一次，
不能说频繁。"戴维笑笑，没说话。立蕙又说：
"我能不能问一下，你们为什么对这个感兴趣？"
戴维说："是我们的任务。""你们在跟踪我吗？"
立蕙微蹙了眉，看着戴维，问。"我只是想了
解跟锦芯有关的一些情况，而不是对你们跟踪。
跟踪是很严重的词，就像监听一样，要走很复
杂的法律程序才能获得批准的，我们目前没有
这个特权。"立蕙看他一眼，没说话，转眼看
到原来在电脑上打着字的艾米莉也停下来了。
她们的目光相遇，艾米莉点点头，态度温和。
这时又听到戴维说："我想问一下，你是怎么
认识她们的？"

　　立蕙沉吟片刻，说："我们是少年时代的
邻居，可以说童年时代就认识。后来走散了，
最近才在美国联系上。"戴维一愣，说："那
么你们有多少年……""三十多年了，三十多

年没见了。"立蕙答着，耸耸肩。"三十多年？哇，那么你们还彼此记得，又互相寻找，这挺罕见的哦，有点像小说了。呵呵，对不起，我这是开句玩笑。那么你们小时感情肯定很好，真让人羡慕呢。"立蕙苦笑一下，点点头："你可以这么说。"

"锦芯有没有跟你聊到她家里的情况？"戴维又问，手停下来，盯着立蕙。立蕙说："谈了，这么多年了，发生了太多的事情。她父亲的去世，她先生的去世，她自己的病痛，很不幸，令人难过。"戴维点点头。艾米莉在一旁小声问："锦芯有没有谈到她丈夫是怎么去世的？"立蕙不响。艾米莉说："任何细节都会有帮助。"立蕙心下一惊，小心地说："她提到了先生回中国创业后，非常辛苦，后来就病了，拖了一阵，查不出是什么病，就回美国继续医治，没有救过来，就去世。""她是这么说的？"戴维微蹙了眉，啪啪啪地在键盘上敲击着。"是的，她是这么说的。"立蕙肯定地点点头。

"她跟你谈了很多她先生吗？"艾米莉问，

她也在记录。立蕙平淡地说："说多了会难过的，何况她身体不好。"说到这里，立蕙抬起眼来，看到玻璃门外，明亮的阳光亮得发白，她的胸口有些发紧，明白自己没有说出全部真话，但也没有说假话。她现在还不能肯定他们找她的目的，但她很清楚，就算锦芯犯下天大的事情，法律都不能强迫自己出庭作证。因为她们是亲人。"亲人"这个词在此时跳出，让立蕙的心感到了刺痛。她停了一下，接着说："我们谈得更多的是她的父母，因为我更熟悉他们。""你没有见过她丈夫吗？"戴维问。"没有，从来没见过。"立蕙摇着头。忽然就看见志达披着半旧军大衣，在三十多年前郑州火车站破旧的站台上摇着手，一脸的稚气——锦芯竟没有提到稚气。他那时还是个孩子啊，不是吗？立蕙的眼圈有些热了。"好的，谢谢你的时间和配合。你回去如果再想到什么，随时跟我们联系。"戴维停止了敲打，将电脑合上。

立蕙点头，盯着戴维的眼睛，问："我不可能想起什么都给你们打电话的，对吗？你们需要了解锦芯哪些方面的事情？能不能给我一点儿线索？"戴维跟艾米莉对视一眼。戴维说："当然可以。主要是关于她丈夫的。比如他们之间的关系，发生过什么事情。""为什么？"立蕙警醒地问。"嗯，这里面牵涉到一些化学品的去向问题。任何相关的线索，都会有帮助。"立蕙一惊，问："毒品？"戴维摇摇头，微眯起眼睛，说："不是通常意义的毒品，我的意思是，不是成瘾性的那种毒品，却是致命的化学物那类。"立蕙的身子一下就直了，轻声问："比如？""比如，铊那一类，重金属。""铊？重金属？"立蕙立刻跟了一句。戴维点点头，说："我们之间的谈话，就保持在我们之间。现在一切都没有答案。锦芯丈夫的死因，已经有医生定论的。但那个诊断和结论，在那位先生生前和死后，都被医院里一位中国大陆背景的护士提出疑义。她说以她在中国大陆的临床经验，直觉告诉她，很可能是重金属中毒。主治医生没有接受这个意见。到锦芯先生死后，那个护士都没放弃，最终警方介入。但后事都办完了。

好在医院还封存着血液、尿液和头发等样本。现在,移到了我们这里。"立蕙往后偏了偏身子,说:"我听明白你们的逻辑了。你们盯上锦芯,很大的原因是她的职业身份,对吧?"戴维摇摇头,说:"不能这样说。但她确实从公司里领取过一定数量的严格控制的重金属。"立蕙看着戴维,说:"她是化学家。"戴维笑着点点头,说:"是的。她用它们作为实验催化剂的记录甚至都无懈可击。""所以?"立蕙追上一句。"记录未必可靠,那种玩意,不用太多的,一点点……"戴维将右手大拇指并到食指上,抬起来,眯上一只眼睛,说,"只要一点点。"立蕙咬住嘴唇,说:"我不要听悬疑桥段,关键的是证据。"戴维说:"你说得千真万确!我们在朝那里前行,所以我们需要你的帮助。""你们确定是她吗?"立蕙问。戴维想了想,说:"这不是个好问题。让我这么跟你说吧,她只是一个方向。有时很多的线索都有了,就缺一个关键的扣子将它们连上。有时候几只大扣子都在了,就是找不到线索将它们串起来，所以才需要我们。"戴维指了指自己和艾米莉，笑笑。"好了，我们今天就到这儿吧。谢谢你肯花时间来。我们保持联络。我们再一次郑重地请你不要将我们今天的谈话内容透露给任何人。"戴维的神态严肃起来，看上去换了一个人。立蕙点头，机械地站起身来，跟戴维和艾米莉握了手，一起走出店外。

一到停车场里，戴维和艾米莉，连同立蕙，几乎同时戴上太阳镜，这个动作如此整齐，令他们不禁笑起来。戴维快速地朝她做了个敬礼的手势，说："随时联络，再一次谢谢！"立蕙转身走向自己的车子。她来到车旁，再转头去看，戴维和艾米莉竟已无踪无影。立蕙心下很是不安。她知道他们此时就坐在停车场的某辆车子里，却没见他们移动。她将车倒出来，一踏油门，转到山道上，从后视镜里看去，确定没有追兵，才放下心来。

整个下午，立蕙的脑子里都是"铊"这个字眼。她意识到戴维是故意将这个词透露给她的。立蕙强迫自己不去多想，一路忙到下班时段，

坐回到办公桌前，就再也忍不住立刻上网搜索
这个关键字。中英文网站的说法一样。铊中毒
的症状无非脱发、肠胃功能失调。也有可能引
起睾丸萎缩，生殖功能丧失，严重的会导致肝
肾等器官功能衰竭。立蕙的目光被锁定在这些
危机四伏的字丛里，身后阵阵发凉。她啪地合
上电脑，扯下搭在椅背上的那件测试室专用蓝
色短褂披上，安静地坐着。

　　顺着戴维的指引，立蕙看清了她的手里不
仅握着几只关键的环扣，而且所有线索都可以
清晰地串起来了——至少逻辑上是通的。如果
这一切都是真的，那么，她应该是目前知道真
相最多的一个——当然，除了锦芯。立蕙站起
身来，走去将办公室的门关上。她的双手停在
门背上，头伏上去，压抑地抽泣起来。隔着泪
眼，她看到自己的脚慢慢动起来，在跑。她仰
起头来，看到了锦芯，那么小小的一点粉红色，
很快就跃出了她的视线。她是决绝的，去了。
确实像锦芯干的。"你们再要贱，小心我砸烂
你们的狗头！"——很早很早以前，她就这么

说过。特别让立蕙不安的是，锦芯确实动过念头——让志达一觉醒来就忘掉小歌女，甚至什么都忘掉。

立蕙转过身，拿了面纸巾揩着泪，忽然想，好在她来了。如果再早两年就更好了，那一切可能就改写了。这个想法让立蕙的心情安定下来。她现在要从这里陪锦芯往前走，虽然她还看不到路，或许真的就是没有路，但是她已经跟锦芯连在一起了。

下班回到家里，珑珑早就忘了FBI的事，高高兴兴地吃完晚饭，做作业去了。立蕙和智健坐在餐桌边。"今天见了FBI的两位探员，比我想象的好对付。"立蕙先开了口。"那就好。我有朋友因为回国办公司，大概被怀疑输出敏感的高科技信息，也被约谈过的，也是说所有的问题都很常规，还请吃饭呢。"智健轻松地说着，脸上的笑容却有些不自然。立蕙知道他在担心她，便轻轻拍了拍他的手，说："是关于锦芯的。"话音未落，智健的表情一下就绷紧了。"她2009年出入境太频繁了，志达在北京又弄的是图像处理技术方面的高科技公司，被留意也是正常的。"立蕙说着，一边收拾起盘碗。"那你没告诉他们，你是最近才和他们联系上的，你并不知道那时候的事情。"智健说着，起身帮她收拾起来。立蕙一笑，说："当然是这么说的，他们就没有更多的话了，让保持联系。"智健耸耸肩，说："报上说克林·伊斯特伍德在拍他们FBI老头目胡佛的传记片呢，连肯尼迪刺杀案都一筹莫展，那传记片只能专注他们老局长的私生活了。我从来不信任那些家伙。"立蕙苦笑了说："我哪里又愿意信任他们？"智健一愣，说："我不是那个意思。"立蕙歪了歪脑袋，从智健手里接过盘碗，说："我明白的。让我干活去吧。"

立蕙在接下去的两天里，强迫自己不再去想任何关于锦芯的事情。她知道自己需要一个清空的时段，才能进行有效的思考。而且锦芯这个周六就要回来了，立蕙想等锦芯回来了尽快去看看她。按跟叶阿姨和锦芯见面的经验，面对面谈起来，很多思路就可以自然地走通。

但锦芯没有等。她在星期五夜里,从东部马里兰给立蕙打来了电话。

立蕙正在烘最后一筐衣裳。手机响了好几下,她才听到。一看是锦芯的电话,她一下摁停了烘干机的启动键,洗衣间里突然一片沉寂。

"立蕙!是我,锦芯呀!"——很柔的声线,听上去有点累。立蕙想,东部都该是凌晨1点过了,忙说:"你还没休息吗?很晚了。有什么急事吗?"

锦芯在那边很轻地说:"睡不着,有时差呢。一大家子人今天去迈阿密了,忽然这么空……"立蕙赶紧说:"哦,这一周下来,也够你累的了,好好休息才好。你明天就要回来了,对吧?你回来了,我就去看你。"一阵沉寂。"锦芯!"立蕙轻声叫着。"嗯,我在。"锦芯答,听上去有些走神。"你好像有心事?"立蕙小心地说。锦芯在那边说:"我真的很高兴有你,要不然这样的夜里,连个说话的人都没有。立蕙,我真不愿意回到那个房子里去。"立蕙刚想张口,就听到锦芯又说:"那么大一家子在一起,不知道多开心。我们还去给我爸爸扫了墓。没想到，这么多年过去，连扫墓都有了那种叫作'静好'的感觉，真的感觉爸爸就在我们中间。我给他捎了一大把百合，就是你带来的那种。"锦芯不知是有意还是无意地，说到这里，停了一下。立蕙的鼻子有些发酸。她忍着，没有接锦芯的话。

"我们给他看他大孙女的大学毕业证书。孩子们轮流用中文讲自己的近况。我是最没有什么可谈的了……"立蕙觉得自己看到了锦芯凄凉的笑，忙说："锦芯，你不要总是对自己这样苛刻。""谢谢你，你真是很体贴。"锦芯在那头打断她，又说："我告诉爸爸，我见到你了。"这最后一句，利器一般割开了时空，两头都陷入了无边的沉寂。立蕙捏住鼻子，使劲将鼻腔里的流液吞回去。好一会儿，锦芯又说："那真是团聚了。只有志达不在了。"立蕙有些回过神来，轻声问："志达安葬在哪里？等你回来了，我可以陪你去祭拜的，如果你愿意的话。"

"按他的意思，一半撒到太平洋里，一半

送回湖南老家去了。"锦芯叹出一口长气，说。

立蕙愣着，还没接上话，锦芯又说："但这些都不重要了。我一直在想，如果能够重新回到从前，事情会大不一样的。我自己已经这么固执，真的不该找志达那么偏执的男生。有一件事我上次没告诉你，我在志达去世后，精神几乎崩溃，我的肾衰，就是自杀未遂落下的。"立蕙没想到锦芯会在电话里将这事这样讲出来，愣在那儿未及反应，就听锦芯说："一切都已经太晚了。不说它了，好在孩子们比我当年懂事多了，这是我如今最大的安慰了。"

立蕙想了想，接了上去，"我有个问题，不知当问不当问。"锦芯在那边就笑了，说："你看你，我什么都对你说了，你怎么还这么见外？"立蕙听到了自己急速的心跳，她下意识地捂住了话筒，声音低下来，说："你有没有想过，志达可能是重金属中毒？比如，比如铊？"话一出口，她闭上了双眼。她跟戴维做了同样的一件事——在看似无意间，放出了一支百分之百击中靶心的短箭。她希望锦芯截住它。"你怎么会这么想？"锦芯在那头立刻追上来。"我听到一些故事，上网去查了查，觉得志达那个症状……"立蕙停在这里，她听到了自己的牙齿上下磕碰的声音。"你听到了什么故事？"锦芯又逼上一步。"我只是问，你对铊了解吗？"立蕙轻声答。锦芯回得非常快："当然，它是一种催化剂，我们做实验会用到的。在美国，这是被严格控制的化学物品。我们的实验记录里，控制物品的流向都要清楚留档的。我奇怪的是，你怎么会做那样的联想？你也在怀疑我吗？"锦芯的声音有些高起来。

"我最近听到一些流言，你知道，这里的华人社区很小。我就是一问，我没有……"立蕙开始后悔自己随手放出了一匹自己无法驾驭的野马。很长的沉默，锦芯才在那头说："我可以想象。谢谢你的印证。"电话里又是一阵长时间的沉寂。立蕙小心地叫着："锦芯？""哦，我在。"锦芯答。立蕙犹豫着说："对不起，我不该那样对你说话。"锦芯立刻接上来："谢谢你跟我说真话。"一个短暂的停顿，锦芯又说：

"人能控制的事情真是非常有限的。比如我自杀的时候，哪里想得到最后会是今天这个状态？对志达其实也一样。你可能只是想在悬崖边竖个警示牌，却一滑脚掉下了万丈深渊。唉，立蕙，不早了，你休息去吧。"没等立蕙回应，锦芯在电话那头的语气轻松起来，笑了说："好的，睡觉去吧。回去再见了，晚安！"立蕙有些不肯定地说："晚安！"锦芯在那边又叫了："等一等，我想再一次告诉你，在我最困难的时候，幸亏有你。I love you（我爱你）。"立蕙未及回话，那头就挂了，留下空泛的忙音。

立蕙回过神来，将烘干机重新启动了，转身出来，轻轻地带上了身后洗衣房的门。她走到厨房里，给自己倒了杯凉水，坐下喝着，想，今晚的谈话是失败的。等锦芯回来，要尽快见一面。但见了面说什么呢？立蕙有些焦虑起来。如果锦芯真的做了，下面的路在哪里？立蕙摇着头，摁下了厨房顶灯的开关。"你可能只是想在悬崖边竖个警示牌，却一滑脚掉下了万丈深渊"，锦芯今晚说了这样的话。这是不是意味着她原来的本意只是让志达丧失某些身体功能，没想到却失足深渊？若果真如此，那么应是过失而已？——立蕙将"杀人"二字掐掉了。摇摇头。她站在黑暗的厨房里，有一点是明确的：下星期一要给施密特医生办公室打个电话，告诉他们她考虑过了，要去做匹配测试。

锦芯直到星期天下午，都没有再给立蕙打来电话。立蕙想她应该回到湾区已经两天了，也应该休息了一阵了，就在星期天傍晚，拨打了锦芯的手机。"你拨打的用户已关机"，立蕙一愣，想了想，又拨了锦芯家里的电话。漫长的振铃声——立蕙想着，没等留言机的语音提示，就挂上了。她接着又分别打了几次锦芯的手机和家里的座机，手机依然关机，家里电话无人接听。立蕙有些不安起来。到了夜里9点多，立蕙的手机响了，一看，是叶阿姨的号码，急忙接起。

"立蕙，我是叶阿姨啊！"叶阿姨的语气很急。"是我，叶阿姨您还好吗？在哪里了呢？"立蕙故作轻松地问。"我们都很好，可找不到锦芯了!"叶阿姨在那头说。"哦?我今天下午也在联系她,电话都没打通。"立蕙应着。"我们昨天起就在联系她,手机一直关机。查了航空公司的航班,她按时飞回湾区了。飞机应该是星期六上午 11 点到的,从机场回家,最多只要半小时。但我们到现在都没有联系上,这很不像她。我们全都在加勒比海,真让人着急啊!她身体不好,就怕会出什么事呢!"叶阿姨一句接一句。"叶阿姨,你先不要着急,我马上和智健开车去她家里看看。"立蕙说着,开始收拾东西。"谢谢你们!你有地址吗?"叶阿姨问。"我的 GPS 上有的,您放心吧。"立蕙已经拎上了包。"但愿没事,我们上船前,她还好好的啊,不过这孩子最近情绪起伏又大了,真让人担心。哦,立蕙,家里大院铁门的密码是锦芯先生的生日:072864。你们进去后,在正对着喷泉的台阶下,正对着那只小青蛙的右腿这侧的小地灯的灯盒里,有张开大门的磁卡。在大门的锁上刷过后,要输的是锦芯的生日062264。记下了吗?我的手机开着。拜托了,开车小心！愿神保佑我们！"

立蕙大声将在楼上的智健叫下来，急速地讲了叶阿姨的电话。智健上楼领了珑珑下来，一边拨通了小区里一家华人朋友的电话，请他们帮着看顾一下珑珑。他又冲到厨房里拿了几只香蕉和苹果，抓了手电，说："不知会待到多晚，得有点准备，车厢里有水。"然后走到车库里，说："开我的车去吧。"立蕙领着珑珑坐进智健的车里，轻声说："小心开车，越是这种时候越要冷静。"智健沉默着坐到驾驶位上，将车子流畅地倒出，先将珑珑送到朋友家，再一路转上高速公路，往北开去。

车子拐上 280 高速的时候，天已经完全暗下来。山下的灯火在右侧车窗这面绵延而去。立蕙和智健很久都没有说话。车子转下高速，进了盘转的山道，立蕙知道他们接近锦芯的领地了。她像上次那样，摇下车窗，林木的香气混着浅淡的雾气涌进车里，前窗立刻有些模糊。她将车窗摇上，又按下前窗去雾键，呼呼的热风在窗前喷出，视线立刻清明起来。

"锦芯不会出什么事吧？"立蕙看着车灯在前方打出的光道，轻声说。智健不响。"你说她不会出什么事吧？"立蕙又加了一句。智健盯着前方，说："希望是这样。""我们星期五晚上才通过电话的，她听起来还好好的。"立蕙说着，忽然停下来。智健淡淡一笑，说："记得你上次从她这里回来，我跟你说的话吗？我说很可能有更深的旋涡，希望我是过虑了。"立蕙屏住呼吸，没有接他的话。"你不要急，也许她只是要安静一下，这样的身体，旅行是很累的。"智健微侧过脸来，立蕙看到他眼里少有的紧张。

车子转过最后一个弯时，立蕙的心一下就沉下去了。小道尽处锦芯的房子一片漆黑。她明显地感到智健误踩了一下油门，车子很快地滑过去，在铁门外停稳。大门外的感应灯这才亮了。立蕙下去，小跑着找到门边竖着的键盘，噼里啪啦地点击着，忽然皱了眉想，怎么还在用志达的生日做密码呢，就听得身后大门沉闷悠长的响声："吱——"铁门两侧自动移开。

智健将车子开了进去。院子里，房子边的感应灯一下全亮了。立蕙朝小喷泉急步走去，按叶阿姨的指示，从小地灯的灯盒里拿出磁卡。她和智健一起，三步并作两步，直走向房子的大门，快速打下锦芯的生日。

大门被推开的时候，立蕙和智健不约而同地大声叫起来："锦芯！"——一片死寂。智健转身去按门边的开关，门厅里那盏水晶灯一下就亮了。立蕙抬起头来，说："这是志达的灯。"话音一落，感觉自己身子一动，那灯上繁复的水晶片就变幻出五彩的光芒。她转过身去，听智健说："我看楼下，你看楼上！"立蕙沿着楼梯往上跑去。

灯光大亮，一扇扇的门被推开。叶阿姨和孩子们的房间，都跟她上次来看到的一模一样，没有一点变化。她穿过走廊，走向主卧室，心下有些紧张起来。她冲进主卧室，按下了房里的顶灯，室内一片光明，空无人迹，连床上的铺盖看上去都纹丝不乱。她快速旋过浴室各处，一样的空寂。这时，她突然听到智健在楼下大叫："立蕙！立蕙！快来！""怎么啦？怎么回事？"她大声应着，一个急转身，朝楼下跑去。

一层客厅，书房，起居室，厨房，灯光大亮。智健站在厨房中央墨绿大理石贴面的宽大厨台边，手里握着一张白色的纸。见她走来，他又摇了摇，叫："锦芯留下的。"

立蕙急步上前，正要伸手去接智健手里的纸，一眼看到大理石台面上放着一个深紫红的天鹅绒小袋子，她将袋子捏起来，直觉告诉她，那是锦芯的玉镯。智健将那张白纸递上来，立蕙看到锦芯非常好看的行书：不要找我。我是一只夏末的孤蝉。合适的时候，将这玉镯交给青青她们。还有那些故事。

立蕙捏着锦芯的留言，愣在灯下。智健转过来，直视着她，说："孤蝉？不要找她？黄雀在后——到底发生了什么事？她担心我们会引来警察？"立蕙凄凉一笑，说："倒更像是说'无人信高洁，谁为表予心'呢。我们先走吧！"智健一愣，看着她，想了想，说："那我去把车开过来。"

　　立蕙走出锦芯家的大门，站在台阶上等智健去将车开进来。远处望去，海湾边的万盏灯火已埋在雾中，近处山林间的林木也变得模糊，天际沉沉一片漆黑。立蕙抬起头来，想，锦芯今夜在沙漠里，应该能看到更多的星光，或许，她会觉得离天更近了。

图书在版编目（CIP）数据

特蕾莎的流氓犯/陈谦著.-上海：上海文艺出版社.2017.4
（小文艺·口袋文库）
ISBN 978-7-5321-6244-4

Ⅰ.①特… Ⅱ.①陈… Ⅲ.①中篇小说－小说集－中国－当代
Ⅳ.①I247.5

中国版本图书馆CIP数据核字（2017）第047679号

发 行 人：陈　征
出 版 人：谢　锦
责任编辑：乔　亮
封面设计：钱　祯

书　　名：特蕾莎的流氓犯
作　　者：陈　谦
出　　版：上海世纪出版集团　　上海文艺出版社
地　　址：上海绍兴路7号　200020
发　　行：上海世纪出版股份有限公司发行中心发行
　　　　　上海福建中路193号　200001　www.ewen.co
印　　刷：山东临沂新华印刷物流集团有限责任公司
开　　本：760×1000　1/32
印　　张：8.5
插　　页：2
字　　数：108,000
印　　次：2017年4月第1版　2017年4月第1次印刷
I S B N：978-7-5321-6244-4/I.4982
定　　价：27.00元
告 读 者：如发现本书有质量问题请与印刷厂质量科联系　T:0539-2925888

小说